ENREDO DE ALMAS

ENREDO DE ALMAS

ELI MACÍAS

Plataforma
Editorial

Primera edición en esta colección: septiembre de 2023

© Eli Macías, 2023
Autora representada por IMC, Agencia Literaria, S.L.

© de la presente edición: Plataforma Editorial, 2023
Plataforma Editorial
c/ Muntaner, 269, entlo. 1.ª – 08021 Barcelona
Tel.: (+34) 93 494 79 99
www.plataformaeditorial.com
info@plataformaeditorial.com

Depósito legal: B 14004-2023
ISBN: 978-84-19655-72-1
IBIC: YF

Printed in Spain – Impreso en España

Diseño e ilustración cubierta:
Marina Abad Bartolomé

Adaptación de cubierta y fotocomposición:
Grafime Digital S. L.

El papel que se ha utilizado para imprimir este libro proviene
de explotaciones forestales controladas, donde se respetan
los valores ecológicos y sociales y el desarrollo sostenible del bosque.

Impresión:
Romanyà Valls
Capellades (Barcelona)

Para Patri,
que se merece esto y mucho más

1

Aunque no lo hubiese querido, Aitor pasó casi toda la vida entre las paredes del Instituto Jaime Vera. Por desgracia, parte de su muerte también.

Cada uno de los recreos era un juego de dados con dos únicas caras para Aitor y sus amigos: regresar a clase o saltarse el resto del día. Ese día, tocó darse un paseo por el Mercadona. Quizá, si el azar hubiese lanzado los dados de otra manera, las cosas habrían sido muy distintas.

—Suso, tío, se nos va a echar la hora de comer encima —bufó Vir, apoyada sobre la vitrina de la bollería y dando golpecitos al cristal con su habitual impaciencia.

El chico chasqueó la lengua, frustrado. Era muy fácil agobiarle, por eso le pinchaban tanto. Por eso y porque era muy gracioso ver a un chico tan bajito y con brazos como barriles sufrir ante la decisión de cogerse una magdalena de chocolate o una de plátano. Aitor apoyó el codo en el hombro de Alberto y miró hacia otro lado, pero no disimuló la risa.

—Que solo tengo un euro para todo el día —se excusó Suso, pero sabían que seguiría igual de inseguro aunque tuviese cincuenta euros en el bolsillo.

Vir puso los ojos en blanco y se giró hacia Carla, que tenía los ojos tan lánguidos y hundidos como siempre.

—¿No se supone que eres adivina? Podrías ver qué *muffin* se come y así salimos todos de dudas.

Carla jugueteó con la punta de su espesa trenza morena y se tomó su tiempo para responder, como siempre.

—Médium, no adivina. Es distinto.

—Se lo puede preguntar a tus muertos, Vir —bromeó Aitor con la sonrisa de coyote atravesándole toda la cara.

Alberto gruñó y se zafó de él con un pequeño empujón. Aitor se encogió de hombros. Sabía que Vir no se iba a enfadar, tenían ese humor cortante que solo entendían entre ellos porque a ninguno se le ocurriría hacerle daño al otro. Algo a lo que Alberto, el nuevo integrante del grupo y el más callado, aún no se había acostumbrado.

—Si os vais a pasar toda la mañana para esto, me salgo a fumarme un piti. ¿Vienes? —preguntó a Alberto, quien no aceptó la invitación con un gesto de cabeza.

Les dejó con el dilema de la magdalena, con lo que estarían dando círculos por lo menos durante un par de minutos más. Las puertas de la entrada se abrieron y el viento se le metió dentro de la sudadera. Después del escalofrío, notó las gotas de lluvia golpeándole las mejillas y chasqueó la lengua, se puso la capucha y esperó que el pelo moreno y ondulado no se le rizase con la humedad. Lo odiaba, más que los calcetines mojados, y eso que también estaba consiguiendo que se le empapasen. Asomaban por las playeras y apenas le tapaban la piel que dejaba ver los pantalones pitillos que le quedaban cortos. Pocas veces se vestía acorde al tiempo que hacía fuera, ese día no iba a ser menos.

Encendió un cigarrillo resguardándose bajo la cornisa del edificio. Se apoyó en la pared, media espalda y un pie. Alzó la cabeza con los ojos cerrados y dejó salir el humo en forma de O. Ah, cómo le gustaba vacilar, aunque fuese por la *performance*. Un poco de pose de chico malo, la mochila sobre un solo hombro, una sonrisa ladeada, un bufido burlón cuando necesitara mostrar su naturaleza despreocupada. Tampoco pensaba admitir en voz alta que lo hacía de forma consciente, claro.

—Vaya, me alegro de no ser el último en llegar a mi propia clase.

Aitor casi dejó caer el cigarro del susto. Tosió y se separó de la pared, irguiéndose cual soldado ante la presencia de su profesor de biología, el señor Gutiérrez. Le sonreía con esa satisfacción sádica que le caracterizaba, una mano agarrando el paraguas y la otra el maletín del que Aitor teorizaba que o bien estaba vacío o lleno de listados de sus próximas víctimas, nunca lecciones de su asignatura. Él sí que conseguía parecer un chico malo a sus cuarenta años sin ni siquiera intentarlo.

—¡Gonzalo! Qué bien te veo —saludó Aitor con demasiada efusividad y una confianza que, evidentemente, no tenían. El profesor ensanchó la sonrisa—. El abrigo es nuevo, ¿no? Tiene pinta de ser de los buenos.

—Déjese de tonterías, ande —dijo y cogió el maletín con la misma mano que la del paraguas abierto solo para poder tenderle la palma abierta. Sabiendo lo que le pedía,

11

Aitor sostuvo su pitillo entre los labios y la mano le tembló mientras sacaba uno de la cajetilla para dárselo. Luego, le ofreció el mechero antes de que le pudiera pedir nada más. El señor Gutiérrez se tomó su tiempo para encenderlo. Aitor empezó a notar la tirantez de la tensión en los hombros—. Imagino que hay una razón completamente plausible por la cual no se encuentra aún en clase, ¿no?

—Uy, sí, es que me dolía la cabeza y... ya sabe, aquí estoy. —Carraspeó, cogiendo el mechero que le devolvía e intentando esconder el cigarrillo que ya había visto—. Tomando un poco de aire fresco.

—Ya. Pues reubíquese las neuronas y no tarde en volver, que la clase de hoy es importante —declaró antes de echar a caminar. Alzó las cejas y le miró por encima del hombro—. Espero verle allí o tendré que pensar que estaba intentando tomarme el pelo. Otra vez.

—Pero bueno, Gonzalo, qué cosas tienes. —Aitor rio entre dientes y se frotó el cuello.

El señor Gutiérrez puso los ojos en blanco con un largo suspiro y dio una calada antes de doblar la esquina.

Mierda.

Siseó con fastidio y tiró el cigarro a medias antes de entrar en el Mercadona. El grupillo ya estaba en la cola para pagar, Vir con su bolsa de Patatinas y Suso con una napolitana de chocolate metida en una caja de cartón.

—Chavales, me he encontrado con el Gonzalo en la puerta.

—No jodas —respondió Vir, apretando la bolsa entre las manos. Se le notaba las ganas que tenía de comer—. ¿Qué te ha dicho?

—Que no tarde en volver que la clase de hoy es importante, o algo así —dijo, arrugando la nariz.

Suso carraspeó y Vir resopló. Carla y Alberto, como siempre, se mostraron impasibles. Mientras, el dependiente les llamó para cobrarles.

—Pues qué putada, tío. Ya nos contarás qué se cuenta.

Con los hombros relajados y la sensación de que le habían interrumpido demasiado pronto, Aitor ladeó la cabeza y entrecerró los ojos con una mueca de incredulidad.

—¿En serio vais a seguir con las pellas? Pero que me ha pillado de lleno.

—Exacto, te ha pillado. A ti —remarcó Vir, mientras dejaba la bolsa sobre la cinta transportadora, levantando las cejas—. Si a los demás no nos ha visto, no tenemos por qué ir a su clase.

—Tía, va a cantar un huevo...

—Hazlo por el equipo, Aitor —bromeó Suso, poniéndole una mano en el hombro. Se le notaba orgulloso de no ser, por una vez, al que le estuviesen picando—. Te recordaremos con cariño.

Observó cómo pagaron y fue posando la mirada de uno a otro, pero se la rehusaban como si estuvieran aguantándose la risa. Puso los ojos en blanco y se colocó mejor la mochila sobre el hombro.

—Qué hijos de puta —murmuró antes de darse la vuelta y meterse las manos en los bolsillos.

Sus amigos le vitorearon a sus espaldas con tanto entusiasmo que parecía que era un gladiador a punto de entrar en el coliseo. Varias personas se giraron, algunas curiosas, otras molestas. Sin mirarles, Aitor solo les dedicó el dedo corazón levantado y volvió a la salida para enfrentarse a las interminables horas de instituto. Su peor pesadilla.

Llegaba tarde, por supuesto. No había nadie en los pasillos más que la secretaria que había salido a cogerse un café y que le conocía lo suficiente como para suspirar un «hay que ver, niño, ni un solo día en el que llegues bien de tiempo». Se frotó el cuello y fingió una sonrisa inocente, pero pícara que, por lo general, siempre le funcionaba. La secretaria le correspondió. Sabía que no iba a tener tanta suerte con Gonzalo.

Llamó a la puerta antes de entrar en el aula. El profesor ni siquiera levantó la mirada del libro cuyas páginas iba pasando con demasiada lentitud. La gente esperaba el comienzo de la clase, dormitando pese a ser aún las doce del mediodía. Aitor masculló un risueño «buenas» y se dirigió hacia su cómodo asiento al final del todo, ese que estaba en la esquina junto a la ventana y el radiador. Antes de que pudiera cruzar la segunda fila, se sobresaltó al escuchar cómo Gonzalo chistaba detrás de él.

—No tan rápido, Velasco. Hoy vamos a probar una cosa nueva y se va a sentar en primera fila junto a Parra para que le pueda tener bien vigilado.

Aitor giró solo la cintura y se quedó mirando al pupitre compartido que el profesor señalaba frente a él, ese en el que el sieso de Pedro Parra siempre se sentaba solo. Le miraba por encima del hombro con los dedos entrelazados entre sí y un rictus en los labios.

—No, gracias —respondió, la mitad de la clase estalló en una carcajada.

Gonzalo alzó las cejas; él tragó saliva. Imposible intentar hacerse el chulo con un hombre que tenía pinta de haber estado en cinco guerras y haberlas disfrutado todas.

—No era una sugerencia. Ahora, haga el favor de dejar de hacer el payaso para que pueda comenzar la clase.

No se atrevió a replicarle. Tiró la mochila junto al pupitre y luego se dejó caer en la silla con un bufido de fastidio. Le gustaba espatarrarse y ponerse cómodo durante las clases, pero en ese pupitre las rodillas tocaban la mesa del profesor y, junto a Pedro, que estaba recto como una bandera, se sentía tan fuera de lugar que él mismo se obligó, a duras penas, a erguirse en su asiento.

Gonzalo empezó a explicar algo de unas proteínas y unas enzimas que no le podían importar menos e hizo lo que mejor se le daba durante las clases: divagar. Apoyó la mejilla en la palma abierta y se preguntó qué estarían haciendo sus amigos. Seguro que habían ido de excursión a la Fnac de Nuevos Ministerios o a lo mejor a su rincón en el edificio en construcción de la calle de al lado para liarse algún canuto. No podía coger el móvil y escribirles porque Gonzalo le pillaría de inmediato, y tampoco podía quedarse mirando por la ventana porque ese asiento estaba junto al pasillo. Así que se giró y analizó a su compañero porque no tenía nada mejor que hacer.

Pedro era uno de esos chicos que se peinaba el pelo rubio de forma perfecta hacia atrás y llevaba las camisas planchadas y abotonadas hasta arriba. Aunque decir «uno de esos» implicaría que alguien más lo hacía en el instituto. Pedro era

15

el único que llevaba esas pintas y unas gafas rectangulares sin montura que habían pasado de moda décadas atrás. Su gesto, siempre con la barbilla alzada y ceño fruncido, alternaba entre la concentración hacia el profesor y la soberbia hacia sus compañeros. Aitor carraspeó. Llamó la atención de Pedro, que se giró hacia él, Aitor desvió la vista fingiendo que le interesaba mucho lo que Gonzalo había escrito en la pizarra. ¿O dibujado? En todo caso, no entendió ni lo uno ni lo otro.

Faltaban cinco minutos para que tocase el timbre y Aitor ya estaba recogiendo lo —poco— que tenía sobre la mesa. Como si oliese sus ganas de coger carrerilla para huir de allí, el profesor le lanzó una mirada envenenada con los ojos entrecerrados y se puso de pie para hablar.

—Antes de que se vayan, quiero que decidan sus parejas para un trabajo de investigación libre que tenga que ver con el tema tratado estos últimos días. —La clase se llenó de resoplidos y lamentos. Gonzalo arqueó una ceja, se colocó las gafas—. No refunfuñen, que tendrán dos semanas para hacerlo. Sin embargo, las parejas me las tendrán que decir ahora.

No se lo pensó antes de coger el móvil para escribirles a sus amigos por el grupo: «trabajo de mierda en pareja, ¿quién se pone con quién?». A su alrededor, sus compañeros empezaron a hablar entre ellos. Aunque no alzaron mucho la voz, Gonzalo ya estaba chistando. A su lado, Pedro se mantuvo igual de recto y con las manos entrelazadas como al inicio de la clase. Qué mal rollo que le daba ese chaval.

—Imagino que no tendrá una pareja con la que hacer el trabajo, Parra —dijo Gonzalo, apoyando los brazos cruzados sobre la pantalla del ordenador que les separaba el pupitre.

Aitor miró de reojo e intentó hacer como que no estaba escuchando la conversación. No le importaba tratar a los profesores como colegas aunque, evidentemente, no lo fueran y a sus amigos les frustrase; le gustaba pensar que podía relajar cualquier tipo de ambiente si eso le beneficiaba. Sin embargo, no soportaba las charlas serias de profesor a estudiante. Le incomodaban. Cada vez que recordaba a la profesora Fátima con esa sonrisa compasiva diciéndole que podía ayudarle a sacar todo el potencial que seguro que tenía escondido en alguna parte, un escalofrío le recorría toda la espalda.

Vir
pero de que va el trabajo?

yo q se si no me he enterado de nada

Suso
joe aitor pues si que nos ha ayudado
que te quedes :(

q no soy vuestro corresponsal, cabrones

—No pasa nada, estoy acostumbrado a hacer los trabajos solo. Además, lo prefiero.

Otro escalofrío. Pedro hablaba poco, pero cuando lo hacía dejaba salir la voz más grave que había escuchado nunca. Tan grave que le raspaba los tímpanos, como si la escuchase de dentro hacia fuera. «A mí me parece sexi», había dicho una vez Carla. «A mí me da un poco de asco porque parece que no haya bebido nada de agua en cinco meses», respondía Vir.

Aitor se tapó la boca con un puño e hizo que se aclaraba la garganta para no reírse él solo.

—Se me ocurre que su compañero, aquí presente, tampoco tiene pareja, ¿no? Así que quizá pueden ponerse juntos.

Aitor tardó unos segundos en reaccionar, alzar la cabeza y darse cuenta de que tanto Gonzalo como Pedro le estaban mirando. El primero divertido, el segundo no tanto. Parpadeó varias veces y se asustó cuando su silla cayó hacia delante. Ya ni se acordaba de que estaba balanceándose sobre las patas traseras.

—No, no, pero si yo no… A ver, mis amigos no están en clase, pero seguro que alguno se pone conmigo.

—Creo recordar que sus amigos, que casualmente han enfermado todos al mismo tiempo, son un grupito de cuatro, así que, contándole a usted, son impares. —El profesor entrecerró los ojos afilados y Aitor contuvo el gesto de tragar saliva—. Además, usted mismo lo ha dicho, no están aquí, pero Parra sí, así que no veo ninguna razón para que no hagan este trabajo juntos.

Aitor y Pedro se miraron. Aitor estaba confuso e incluso algo horrorizado ante la idea de hacer un trabajo con alguien que no fuese uno de su pandilla. No le gustaba estudiar, mucho menos esforzarse o que otra persona tuviese que depender de sus aportes. Pedro mantuvo el rostro imperturbable, aunque no le engañaba, notó cómo se le marcaba la mandíbula por apretar los dientes. Los dos se giraron hacia Gonzalo al mismo tiempo.

—Que no, que no, pero si Alberto ni siquiera viene a esta clase… Somos cuatro.

—Y como yo ya he dicho, prefiero hacer el trabajo solo…

—Van a ponerse juntos y es una decisión final —cortó el profesor. Aitor vio su vida pasar ante sus ojos, abrió la boca para rechistar, pero Gonzalo le miró como si pudiera arrancar el monitor con una mano y estampárselo en la cabeza. Luego, se giró hacia Pedro con expresión más relajada—. Sé que no es lo ideal y que la incorporación de Velasco puede ralentizarle, pero usted es el único en que confío para que le ponga las pilas. Seguro que consigue que esto funcione.

Esa vez, Aitor abrió la boca sin cortarse, pero solo para mostrar lo sorprendido y ofendido que se sentía. Pedro asintió una sola vez y resopló por la nariz.

—De acuerdo, señor Gutiérrez.

El profesor sonrió con orgullo y se irguió para hablarle a la clase que ya estaba poniéndose de pie. Aitor se quedó mirando la lucecita de las notificaciones de su móvil con las cejas juntas y la nariz arrugada.

—Estoy aquí delante, pero vale —susurró para sí mismo. De hecho, no creía que Pedro, que puso la mochila sobre el pupitre para recoger sus cosas, le hubiese escuchado.

—Yo también estaba aquí cuando pusiste cara de asco al sentarte a mi lado.

Aitor pestañeó porque no esperaba que le respondiera. Se giró hacia él, pero Pedro no le miró. Cerró la cremallera y posó ambas manos sobre el asa de la mochila con gesto solemne. No sabía que alguien pudiera parecer tan formal con una mochila de Nike.

—No, hombre, no era cara de asco, es que… no me gusta sentarme en primera fila, eso es de pringados —dijo y se dio cuenta de que la había cagado antes de terminar la frase—. ¡A ver! Que no lo digo a malas. Además, tú tampoco quieres ponerte conmigo, ¿no? Seguro que prefieres hacer ese coñazo de trabajo con un amigo.

El otro chico seguía evitando mantener contacto visual, ignorándole, pero se fijó en cómo uno de sus ojos se cerraba tan solo un segundo, un tic nervioso que no podía controlar. Echó la silla hacia atrás con un sonido chirriante y se puso de pie.

—¿Me dejas pasar?

Aitor prácticamente saltó de su asiento. Le sacaba media cabeza a Pedro y, aun así, ese capullo insolente conseguía intimidarle mientras se colocaba la mochila con parsimonia y porte de ejecutivo de cincuenta años.

—Quedamos en la biblioteca después de las clases. Tengo un par de ideas que nos pueden servir.

—Ah… —Aitor balbuceó, hizo un mohín con la boca y se frotó la nuca—. Después de clase no puedo, es que tengo que ayudar a mi tía con la cafetería.

Pedro suspiró. No era mentira del todo; sí que ayudaba a Nadia, aunque la cafetería no abría hasta las cinco de la tarde. El chico se estiró las mangas y se las abotonó.

—Pues mañana en la hora libre. No llegues tarde.

Quiso replicar, aunque no supo muy bien cómo. Solo vio a Pedro salir por la puerta con el resto de la clase. Dejó caer los hombros con un suspiro de fastidio.

Odiaba desaprovechar las horas libres de los viernes.

2

El timbre del final de las clases retumbó por todo el edificio, Aitor fue el primero en salir de la suya. Resopló con fastidio cuando alguien le dio varios golpes en la espalda y no le hizo falta darse la vuelta para saber que se trataba de su hermana.

—¿Qué haces, imbécil? ¿No deberías estar con los demás enanos? —le espetó el chico con una sonrisa burlona.

Vio por el rabillo del ojo cómo Aitana chasqueaba la lengua y se puso frente a él de un salto. Así se llamaban los dos: Aitor y Aitana. Sus padres, que en paz descansasen, tenían un humor muy extraño.

—Encima que te limpio la sudadera... tenías la espalda blanca entera, ¿sabes?

—¿En serio? —preguntó y se quedó mirando esos ojos redondos, azules e inquisidores que ambos habían heredado.

—Pues sí, enterita. Ya podrías darme las gracias, que si no te hubieses ido así a casa.

Dejó caer el asa de la mochila hasta la mano y estiró la sudadera todo lo que pudo para ver que, efectivamente, aún le quedaba algo de polvo blanco en la espalda. Puta pared del Mercadona.

—Hablando de volver a casa… —siguió la chica con la misma mirada inocente que ambos habían perfeccionado durante años para que su tía Nadia les dejara pedir cena a domicilio cuando ninguno tenía ganas de cocinar—. Algunos de clase quieren comer fuera y uno de ellos se ha ofrecido a llevarme a casa después. ¿Te importa decirle a tita que me he tenido que quedar haciendo un trabajo, porfa?

Aitor entrecerró los ojos con recelo y se fijó por encima del hombro en el grupillo de chavales del curso de su hermana. Reconoció enseguida a Mario, su antiguo compañero de clase. Antiguo porque había repetido dos cursos hasta acabar en el de Aitana. Arrugó la nariz. Ese no era el problema; no le cabía duda de que él mismo acabaría repitiendo segundo de bachillerato, no se preocupaba ni por la EVAU. No, el problema tenía que ver con la fama que precedía a Mario. Durante un breve período de tiempo perteneció a su pandilla y lo único de lo que hablaba era de ligues que seguro no eran ni reales, de situaciones hipotéticas que solo le hacían gracia a él y de poner verde a los demás a sus espaldas. Se mordió la mejilla por dentro. Ese chico no era trigo limpio.

—Y con «uno de ellos» te refieres a Mario, ¿no? —Su hermana quiso replicar, pero él levantó una mano sin dejar que respondiera—. Mira, si quieres salir con el puto Jason Voorhees de fiesta, adelante, estás en tu derecho, pero no voy a cubrirte para que te vayas con Mario. Eso ya es pasarse.

Aitana cerró la boca tan fuerte que hizo un ruido y se cruzó de brazos, nada contenta.

—Te das cuenta de que no entiendo tus referencias de viejo, ¿no?

—Solo te saco dos años, no te flipes.

—Por eso mismo no deberías darme órdenes.

—Ah, pero puedo y, de hecho, voy a hacerlo —repuso Aitor con una sonrisa maliciosa.

Hizo gancho con el dedo índice en el asa de la mochila de Aitana y tiró de ella para que le siguiese. La chica pataleó para zafarse de él y, aunque lo consiguió, suspiró y se giró para despedirse de sus amigos con un «otro día, chicos». Después, le siguió con los labios apretados y refunfuñando. Aitor sonrió y le dio varias palmaditas en la cabeza sin decirle nada más, dejando que Aitana le ignorase mientras miraba el móvil como «castigo» por ser un «mal hermano», según dijo.

Aitor empezó a cuidar más de ella cuando sus padres fallecieron. Nada heroico, no hubo ningún punto de inflexión: sufrieron un accidente de coche cuando volvían de una boda y el conductor, el mejor amigo de ellos, iba borracho. Irónicamente, él sobrevivió, pero sus padres no. Con diez y ocho años, Aitor y Aitana se mudaron con su madrina, la hermana de su madre, y él tomó el rol de cuidador de la pequeña como si se tratase de un padre. Bueno, todo lo padre que podía ser un chico que rascaba las propinas que le daban en la cafetería para comprarse bollos de Pantera Rosa. A pesar de todo, no cambiaría ese puesto por nada en el mundo.

Y por supuesto que no iba a dejar que se fuese con el gilipollas de Mario.

23

El instituto estaba a tres paradas de metro de casa, así que a veces lo cogían y otras volvían andando. Ese día tocó ir a pie, por un lado, porque Aitor quería hacer rabiar a Aitana por ignorarle —aunque ella ni siquiera hizo el esfuerzo de enfurruñarse— y por otro, porque sabía dónde iba a encontrarse a sus amigos. En efecto, estaban apoyados en una de las paredes del edificio en obras, cobijados bajo el andamio aunque ya no lloviese. Suso se encendía un cigarrillo, Alberto bostezaba y Vir y Carla juntaban las cabezas para mirar la pantalla del móvil. Aitana levantó la mirada solo para poner los ojos en blanco.

—¿Qué tal la mañana, panda de cabrones? —preguntó con una sonrisa ladeada, ganándose la atención de los demás y provocando que su hermana bufase con fuerza—. Ya os podríais haber ido más lejos. Sabéis que aquí es probable que os pillen, ¿verdad?

—Estamos haciendo un test para ver si somos una persona más perro o más gato —explicó Carla con su voz monótona, como si eso respondiese su pregunta.

Vir levantó el móvil y lo señaló con la otra mano, muy orgullosa.

—Suso y yo somos perro, Alberto y Carla son gato. Probablemente, tú serías una chinchilla.

Aitor arrugó la nariz; Vir rio como una hiena y chasqueó la lengua.

—A mí, en cambio, no me hacía falta un test para saber que eres una perra.

—Tienes razón —le respondió su amiga y se encogió de hombros, volviendo al móvil.

Suso tosió al darle una calada del cigarro y se lo tendió a Aitana con una sonrisa nerviosa.

—¿Quieres?

Aitana hizo un ademán de acercarse, pero lo disimuló frotándose el brazo ante la mirada de cejas alzadas y labios apretados de su hermano. Aitor pestañeó varias veces y Suso se encogió, asustado.

—Recoge esa mano antes de que te la arranque, anda —espetó. No cumplió su palabra, le dio un golpe en el brazo de todas formas y Suso siseó de dolor, aunque estaba seguro de que se había hecho más daño él mismo en los nudillos al atizar semejantes músculos—. Pero ¿tú eres tonto? ¿Qué haces ofreciéndole tabaco a mi hermana de quince años?

—Yo qué sé, por educación…

Lo peor fue que seguramente así era. No quería pensar demasiado en el hecho de que Aitana había hecho el amago de cogérselo.

No apoyó la espalda en la pared, por si se manchaba. Dejó descansar un hombro sobre uno de los postes de metal que agarraban el andamio y vio de reojo cómo su hermana se acercaba a Alberto, sonriendo demasiado. Menos mal que podía confiar en su amigo; no le interesaba nada ni nadie.

—¿Eso es lo que habéis estado haciendo estas horas, test de BuzzFeed? Ya me jodería ser tan hortera.

—No te enfades, chinchilla —bromeó Vir, que hizo una pompa con el chicle; Aitana se rio entre dientes a su lado. Mierda, lo que le faltaba, que su hermana cogiera la costumbre—. En realidad, también hemos estado hablando de una cosa que te va a gustar.

—¿Cuántas veces te he dicho que no me pone tanto lo que hagáis Carla y tú en vuestro tiempo libre?

Suso se puso muy rojo, Alberto gruñó, Vir siseó con gesto fastidiado y Carla solo parpadeó una vez, así que Aitor sonrió muy orgulloso de la reacción que había provocado. Eso hasta que Aitana soltó un «¡qué asco, Aitor!», e hizo desaparecer la sonrisa, humedeciéndose los labios.

—Nada, nada, que era broma… A ver, ¿de qué habéis estado hablando?

Vir ensanchó su sonrisa de tiburón, se le empequeñecieron aún más los ojos marrones.

—Hemos visto rumores de Los SFX en Twitter. Al parecer van a vender entradas mañana en un local de Argüelles para esa misma noche.

Aitor notó cómo el corazón se le subía a la garganta y ahogó un grito.

—¿En serio? Pero ¿creéis que es cierto?

—Tiene pinta de que sí, varias personas han hablado de la misma filtración.

—Yo sigo pensando que a lo mejor es un troleo. —Antes de seguir, Suso suspiró con la mirada perdida y soñadora—. Aunque ojalá sea verdad… Llevan seis meses sin anunciar nada. ¡A lo mejor van a sacar nuevo disco!

—Eh… ¿Quiénes son Los SFX? —preguntó Aitana con extrañeza. Todos se giraron hacia Alberto.

El chico era callado, pero no había nada en el mundo que le gustase más que Los SFX, su grupo favorito. Cuando hablaba de ellos, brillaba de la misma forma que lo hacían sus ojos. Su rostro de mandíbula cuadrada, afilada y expresión dura se suavizó por completo cuando Aitana hizo la pregunta que, seguramente, llevaba mucho tiempo queriendo responder.

—Los SFX son un grupo de música de pop-rock independiente madrileño que hacen *performances* en cada uno de sus conciertos. Todos son distintos —respondió Alberto, moviendo las manos mientras explicaba, juntando el mayor número de palabras en una frase que jamás le habían escuchado—. Una de ellas consiste precisamente en que no avisan de que van a hacer un concierto justo hasta el mismo día y siempre lo hacen de formas distintas. Una vez pusieron carteles por Gran Vía, otra escondieron códigos por todo el Retiro. Una vez, incluso fueron ellos mismos los que las vendieron, pero disfrazados.

Aitana asintió con la cabeza no demasiado impresionada por la información recibida, pero sosteniendo una sonrisa cortés. Aitor jugó con el pendiente de su oreja, pensativo.

—¿Pone en qué local de Argüelles será?

—Se sospecha de alguno —contestó Vir sin mirarle, moviendo la pantalla del móvil con un pulgar—, pero... sí, básicamente dos de la misma zona. Están pegaditos.

Aitor arrugó la nariz.

—Pues si es verdad, se le debe haber ido la flapa a medio Twitter. Se van a agotar las entradas enseguida.

Alberto volvió a su habitual cara de enfado y Suso intentó disimular un puchero decepcionado que no le salió muy bien. Como si les estuviera permitiendo concentrarse para pensar, a lo lejos, un obrero detuvo el martillo neumático, del que no se habían percatado hasta que se hizo el silencio.

—Tendríamos que ir muy temprano para ponernos en la cola de los dos sitios, por si acaso —comentó Suso; Aitor se cruzó de brazos muy pensativo.

—Pero no podéis faltar a clase mañana, ya sería un canteo. Y yo tampoco, que me tiene Gonzalo en el punto de mira. Nos vamos a tener que inventar un justificante.

—Una idea así revolucionaria —dijo Aitana con visible amargura en el tono de voz. Aitor se giró hacia ella con el ceño fruncido. Vaya, por un momento se había olvidado de su hermana—, ¿y si vas a clase y luego ya te pasas por Argüelles? Llegas en menos de media hora en metro y no te va a pasar nada por ir un día entero a clase, que es lo que se supone que deberías hacer, Aitor. Luego tú me llamas friki por ser fan de BTS.

Aitor se llevó una mano al pecho con gesto teatral, fingiendo estar ofendido.

—No me compares mi música con la del Betis, que estoy casi seguro de que nuestro grupo hace menos conciertos que el tuyo. Normal que nos emocionemos.

—Lo que tú digas. —La chica suspiró y puso los ojos en blanco—. ¿Nos vamos ya o qué? Tengo hambre.

—Tu hermana tiene razón —interrumpió Carla con toda tranquilidad, su voz suave no se sentía para nada intrusa en esa conversación. Iba a replicar que no tenía que darle la razón a Aitana por tener hambre cuando su amiga continuó—: No podemos volver a faltar, pero eso no significa que vayamos a perder la oportunidad de comprarnos las entradas. Si salimos temprano de la última asignatura, llegaremos pronto para ambos locales. No seremos los primeros, pero seguro que aún nos queda hueco.

—Entonces ¿vamos a arriesgarnos a no conseguirlas? —inquirió Alberto con un deje de ansiedad que no solía mostrar, aunque volvió a su cara seria en cuanto Vir le dio un codazo, riéndose entre dientes.

—¡Que no, hombre! Que vamos a verlos, no te preocupes. Solo tenemos que salir mañana del instituto como si tuviéramos un cohete en el culo.

—Cosa que ya hago de normal, así que no será difícil —dijo Aitor con una amplia sonrisa.

Le emocionaba la idea de poder ver a su grupo favorito. Bueno, a su grupo favorito más cercano, claro, porque veía un poco más difícil —y caro— ver a Muse o The Kooks. Al menos de los españoles se enteraba de la letra.

Se separó del poste de metal cuando notó el tirón en la sudadera que su hermana le había dado y que nada tenía que ver con esa niña adorable de ocho años que le llamaba la atención para que se fuese a dormir con ella. Esta de ahora tenía mirada asesina y parecía que podría apuñalarle con la raya del ojo.

—¿Podemos irnos de una vez, por favor?

Aitor sonrió de lado y rodeó el cuello de Aitana con un brazo. Tiró de ella, pequeña como era resultó sencillo, e ignoró sus quejas mientras la arrastraba.

—Claro que sí. ¡Nos vemos mañana!

Les lanzó un beso a sus amigos para despedirse con un guiño y la carismática y emblemática sonrisa que había sacado a los Velasco de más de un apuro.

La Divina Tragedia se llamaba así porque había conseguido superar dos incendios sin pérdidas significativas. A Nadia le había hecho mucha gracia. La cafetería se había llamado La

Divina Comedia durante diez años porque era su libro favorito de adolescente —probablemente el único que había leído sin ilustraciones—, pero la gente ya solo la conocía como la Divina. Olía siempre a café, azúcar y canela, como el piso en el que vivían y que estaba justo encima. Por eso Aitor nunca compraba bollería industrial o dulces en el Mercadona —excepto las Pantera Rosa, claro, esas eran sagradas—; ¿cómo hacerlo cuando el lugar en el que vivía desprendía constantemente un perfume a Navidad? Tampoco podía quejarse.

—¿Seguro que te puedes quedar ayudándome? ¿No tienes deberes que hacer?

Nadia canturreaba cada vez que hablaba. No sabían si era algún tipo de acento que había desarrollado ella sola o de verdad estaba siempre tan contenta. Pasaba la bayeta por encima del mostrador, llevaba el pelo castaño recogido en un moño desaliñado, los ojos hundidos y los labios con el pintalabios marrón casi desaparecido del todo. Aitor dejó de silbar, pero siguió pasando la escoba por el suelo. Se apoyó en ella pasados unos segundos para darle más efecto, con la sonrisa hasta el techo, marcándole los hoyuelos.

—Nah, qué va. Nada más importante que ayudarte en la cafetería, tita.

Nadia resopló burlona y siguió limpiando sin mirarle.

—Menudo zalamero estás hecho.

Aitor ensanchó la sonrisa. No era una mentira del todo, para él era más importante ayudar a Nadia en la cafetería, aunque no le apeteciese mucho. Habían cerrado hacía un rato y sabía que, si no se quedaba, Nadia tendría que limpiar todo el local sola. Eso sí, la pila de deberes pendientes seguía esperándole dentro de la mochila, tirada en algún rincón de su cuarto. También había algo que sabía que debería estar pensando u organizando, pero no conseguía recordar el qué. La posibilidad de ver a Los SFX al día siguiente le nublaba todo lo demás.

—Anda, venga, que ya solo quedan las mesas.

—Y fregar el suelo —corrigió Aitor, alzando las cejas.

Nadia puso los ojos en blanco, un poco más seria.

—Mira, si te sirve esto para que dejes la escoba donde estaba: no te pienso pagar las horas extras. —Al instante, Aitor soltó el palo que golpeó una mesa. Su tía rio entre dientes—. Además, va siendo hora de cenar. Anda, sube y decide qué vamos a hacer.

Quiso replicar, pero también sabía lo testaruda que podía llegar a ser su tía, que había echado el brazo hacia atrás amenazando con tirarle la bayeta sucia a la cara. Ya había comprobado otras veces la puntería que tenía, así que se apresuró a recoger la escoba y llevarla al almacén. Se estiró las mangas de la sudadera y le echó un último vistazo, mientras contaba los billetes de la caja, antes de subir las escaleras para entrar en casa.

Aitor ya se había acostumbrado al cambio drástico entre la cafetería y el salón de su propio piso. Una habitación pequeñita con un sofá, una mesita de café, una estantería, una televisión y el arco que llevaba a una cocina aún más pequeña. Nada más, lo demás era las escaleras que llevaban a otro piso donde se encontraban las habitaciones. Desayunaban en la cafetería y solían comer y cenar alrededor de la mesita, en el sofá o en el suelo con el culo apoyado en un cojín. Aitana no era especialmente alta, pero había conseguido ocupar todo el sofá estirándose como un chicle o un gato perezoso en plena tarde de verano. Lo que le extrañaba era que tenía la mirada perdida en la televisión en vez de en su teléfono móvil, y nadie tenía la capacidad mental de observar con tanta atención un capítulo de *The Big Bang Theory*. Algo le preocupaba.

—Ey, me ha dicho Nadia que me encargue de la cena.

Esperaba algún tipo de reacción por parte de la otra. Quizá que bromease sobre que iba a envenenarlas con sus dotes culinarias o incluso le gruñera para decirle que la dejara en paz, que la trama sobre Sheldon Cooper estaba muy interesante.

Aitana se rascaba la muñeca con fuerza. Las señales blancas de las uñas aparecían unos segundos para transformarse luego en una mancha roja. Sabía que hacía eso cuando estaba nerviosa, ella decía que era alergia al sol, pero era noviembre. Aitor se metió las manos en los bolsillos y se mordió el interior de la mejilla, paseándose por el salón. No había mucho por donde caminar de todas formas. Quizá seguía enfadada por lo de esta tarde. Se pasó una mano por la nuca y se aclaró la garganta.

—Oye, ¿dónde ibas a comer esta tarde con tus compañeros de clase?

Aitana se encogió de hombros aún sin mirarle.

—A un restaurante de comida japonesa de Nuevos Ministerios.

Aitor arrugó la nariz. No le costó mucho saber de qué lugar estaba hablando.

—Uff, ¿en serio? Ese sitio es carísimo y encima su *sushi* sabe a cartón mojado. —Esbozó una mueca de disgusto y se alegró de ver que Aitana se giraba para mirarle con escepticismo. Por lo menos era capaz de arrancarle una reacción—. Mira, conozco un sitio en Ríos Rosas... Ahí sí que hacen una comida japonesa que está de puta madre. Creo que tengo algún descuento guardado en la cocina, podemos llamar allí y pedir para cenar si quieres. Yo pago.

Se sintió aún más orgulloso cuando Aitana puso las manos en el sofá y se incorporó hasta quedar sentada, mirándole como si estuviera haciendo un gran esfuerzo por seguir enfadada, o triste, o lo que fuera que significase esa expresión.

—¿De verdad? ¿Tú quieres cenar *sushi*?

Aitor se encogió de hombros con una sonrisa ladina.

—¿Por qué no? A la tita le gusta todo y yo hace mucho que no como japonés, la última vez fue en el cumpleaños de Alberto y, como tuvimos que pagarle la comida, solo me tomé una sopa. —Suspiró, con la vista fija en el horizonte y negando con la cabeza—. Pero qué rica que estaba...

Aitana jugueteó con un agujero de la tela verde del sofá, metiendo el dedo y haciendo círculos. Aitor notaba cómo intentaba luchar contra la tentación, hacerse la difícil, pero ya estaba sonriendo, victorioso. Su hermana se volvió a encoger de hombros y supo que había ganado.

—Bueno, supongo que puedes pedir para que probemos.

No podía ocultar el entusiasmo en el brillo de sus ojos azules, así que se dirigió hacia la cocina y cogió el folleto con el descuento. Llamó con su teléfono y se quedó mirando a Aitana con el hombro apoyado en el arco de la cocina mientras pedía algunos combos. Había vuelto a la posición anterior, a tumbarse en el sofá, mientras las risas enlatadas, vacías e insulsas de la serie llenaban la habitación. De alguna forma, hacía que esa escena fuese aún más deprimente.

Cuando colgó, se volvió a acercar al sofá. Se sintió un poco perdido al no saber cómo llevar ese silencio y la frialdad de su hermana. Así que hizo lo que mejor se le daba: tomarse la situación en broma.

—Oye, ¿crees que debería bajarme la guitarra? Hace mucho que no practico…

Como si se hubiese levantado por un resorte, Aitana se irguió con tanta rapidez que pensó que se quería poner de pie de un salto.

—¡Ni de coña, Aitor! Es que ni se te ocurra…

—A lo mejor podría cantarte esa canción de Melendi que tanto te gusta —dijo Aitor, mientras se dirigía hacia las escaleras y fingía que tocaba la guitarra en el aire, distraído—. «Porque te quiero como el mar quiere al pez que nada dentro…»

—¡Basta! En serio.

En cuanto Aitor pisó un escalón, Aitana se agarró a su espalda como un koala y le hizo perder el equilibrio, aunque se agarró a la barandilla en el último momento con un gruñido. Le tiró de la capucha de la sudadera como si quisiera ahogarle; Aitor tosió.

—Te juro que como toques esa mierda otra vez te asfixio con la almohada esta noche.

—Vale, vale, pero suéltame o me vas a ahogar de verdad.

Tosió otra vez cuando su hermana le soltó; ella suspiró y se pasó una mano por el largo pelo sin mirarle. Aitor se frotó el cuello, sin pestañear, y susurró:

—«Dándole de respirar, protegiéndolo del viento…»

—Te voy a matar.

—«Porque te quiero dibujar desnuda en el firmamento... bueno, eso no».

—Qué asco, Aitor. Qué puto asco. Te juro que te voy a arrancar los tres pelos del bigote que tienes.

—¡Eh! Y bien elegantes que son, oye.

Rio entre dientes, risueño, pero Aitana no le siguió la corriente. Volvió a sentarse en el sofá de un salto y suspiró. Se mordió los labios y se preguntó qué había hecho mal. Ya le había prohibido salir cuando consideraba que no lo debía hacer, otras veces lo había hecho Nadia, y nunca le había durado tanto el enfado. Aitana cogió el mando y, con lentitud, quitó el volumen. Aitor ladeó la cabeza, confuso.

—¿Sabes? —empezó Aitana con un tono de voz más bajo del habitual. A los Velasco no se les conocía por ser precisamente discretos—. Mañana es el cumpleaños de papá.

Aitor pensó que su cuerpo se había congelado por un momento. No solo por la parálisis momentánea, sino porque sintió una ráfaga helada calándole cada vértebra de la espalda.

Tardó unos segundos en reaccionar y todo lo que pudo hacer fue parpadear. Aitana tenía los ojos vidriosos y no dejaba de humedecerse los labios para que no viese que estaba a punto de llorar. Ah, claro. Así que eso era lo que pasaba.

Como si no quisiese asustar a un cervatillo en mitad de la carretera, Aitor se acercó con paso lento al sofá, se sentó al otro lado con un suspiro, los codos sobre las rodillas. Se frotó las manos, pensativo. Se alegró de que, al menos, el silencio evitase alguna de las bromas sin gracia de la serie en la pantalla.

—Y estás mal por eso, ¿no? —preguntó solo para cerciorarse.

Oyó cómo Aitana tragó saliva —debía tener un nudo bastante apretado en la garganta— antes de asentir. Aitor se revolvió el pelo, sin encontrar las palabras adecuadas. No había caído en la cuenta de que habría sido el cumpleaños de su padre si siguiese vivo y no sabía cómo sentirse al respecto. Notaba un vacío igual de frío en el pecho que el de la espalda. Antes de que pudiera decir algo más, Aitana volvió a hablar con voz temblorosa:

—Ya casi no me acuerdo de su cara. He intentado recordar cómo era, su voz, la ropa que llevaba, pero siempre es un manchurrón. De mamá todavía me acuerdo de algo, pero de él... Es como si estuviese desapareciendo poco a poco.

La voz se le quebró y se quedó en silencio. Aitor se frotó la muñeca. Aitana se rascó el brazo con tanta fuerza que temió que se levantara la piel. Ese era un pensamiento intrusivo que tenían los dos: que un día Aitana despertase con los brazos en carne viva. Se acercó a ella dando un saltito en el sofá y le cogió la mano con toda la delicadeza posible. No entrelazando los dedos ni nada parecido, solo apoyando la suya sobre la de ella. Sabía que, de cualquier otra forma, Aitana se apartaría de él a la velocidad de la luz.

—Bueno, no te preocupes, yo sí me acuerdo de él, así que te lo puedo contar —dijo, controlando que no se volviese a rascar—. Era muy guapete, tenía los mismos ojos que nosotros. Yo me parezco bastante a él, ¿sabes?

—O sea, que era un esperpento —replicó Aitana con voz nasal y Aitor chasqueó la lengua.

—Tampoco espero mucho de ti, Aitana. Tienes el gusto

en el ojete —bromeó y la chica rio con un ronquido, como un cerdito. Aitor sonrió y siguió hablando—: ¿Sabes qué le hacía mucha gracia? Los especiales de José Mota de Nochevieja. Se partía el culo con ellos.

—¿De verdad? —Aitana puso una mueca de disgusto—. Pero si José Mota es un viejo sin gracia...

Aitor ahogó un grito de indignación y le apretó la mano con fuerza antes de soltársela como si quemara.

—¿Ves? El gusto en el ojete, Aitana.

Su hermana se rio de nuevo y aprovechó para secarse una lágrima que amenazaba con deslizarse por su mejilla. El chico contuvo una sonrisa triunfal. Por lo menos, estaba consiguiendo que se riese un poco.

La luz de la televisión se reflejaba en la cara roja de la chica y vio cómo se mordió el labio antes de preguntar:

—¿Te acuerdas de más cosas del estilo sobre papá?

Aitor rio y se echó hacia atrás en el sofá, poniendo las manos detrás de la nuca y cruzándose de piernas.

—Hombre, por supuesto. Era un friki del campo, en verano no podía estarse quieto.

—Sí, creo que de eso me acuerdo. —Aitana se quedó mirando a un punto concreto del salón y dibujó una sonrisa amplia—. Nos llevaba de pesca, pero a mí no me gustaba tanto.

—No, tú te bañabas en el río incluso aunque no se pudiese mientras papá se desesperaba porque no era capaz ni de pescar una triste carpa. También le gustaba mucho ir a por espárragos y buscar setas en otoño. Solo me llevó una vez, luego no se volvió a atrever.

Aitana entrecerró los ojos, curiosa.

—¿Y eso por qué?

Aitor sopló y se masajeó el puente de la nariz con los ojos cerrados.

—Terrible… Pues mira, él tenía un libro enorme sobre setas, hongos y más plantas del campo para identificarlas, y me contaba cuáles eran comestibles y cuáles no.

—No… —susurró Aitana, riéndose por lo bajo.

Aitor solo asintió una sola vez con la cabeza.

—Se pone peor. Me entró hambre y con la única copla que me quedé fue con unas setas que se llamaban, atenta, pedos de lobo. —Aitana se tapó la boca y no esperó a que terminase para reírse. Aun así, Aitor continuó—. Eran blancas y redonditas, recordaban a unos huevos cocidos. Bueno, pues papá me perdió de vista cinco minutos. Cinco minutos solo, ¿eh? Y como yo pillé un anillo de hada… Así es como se llama cuando hay un sitio en el que crecen muchos hongos en círculo, por cierto, pues me dediqué a pelarlos y a comérmelos. Y, en fin, no esperaron a llegar a casa para volver a salir por otro lado.

Para cuando terminó la historia, Aitana ya se había vuelto a tirar por todo el sofá, le dio una patada mientras se reía a carcajadas y se le escapaban las lágrimas, aunque agradecía que fuesen por una razón distinta a la inicial. Aitor se rio entre dientes y se quedó mirando cómo la gracia se iba desvaneciendo poco a poco y de forma natural, muriendo en un suspiro de la chica. Tenía la mirada perdida en un punto concreto y conservaba la sonrisa, pero no tardó en adquirir un aura triste, nostálgica. Antes de que su hermana pudiera darle demasiadas vueltas, Aitor dijo:

—No te preocupes, Aitana, todavía me sigues teniendo a mí. Y yo no me pienso ir a ninguna parte.

Aitana transformó la sonrisa. Seguía siendo afligida pero, al mismo tiempo, dulce. Aitor le revolvió el pelo y su hermana gruñó, pero no le dio tiempo a responder antes de que Nadia apareciese por las escaleras, el moño ya quitado y estirando los brazos con una mueca.

—Pensaba que te ibas a encargar tú de la cena.

Aitor sonrió y asintió.

—Y eso he hecho, he pedido japonés. —Abrió mucho los ojos, emocionado—. ¡Oh! Ahora que estamos todos sí que me puedo bajar la guitarra y tocamos alguna.

La reacción de ambas fue la misma: queja, sufrimiento y hastío.

—¡Que te he dicho que no, pesado!

—Te lo pido por favor, Aitor… he tenido un día muy largo.

El chico soltó una risotada seca y se pasó una mano por el pelo, aunque no iba a admitir que esa vez sí que le había dolido.

3

Al día siguiente, en su cabeza no hubo más que un pensamiento. Solo miraba el reloj resquebrajado de la pared del aula esperando que marcara las dos y media en algún momento. No se atrevía a mirar el móvil por si acaso algún profesor se lo confiscaba, y eso que el grupo de WhatsApp estaba que echaba fuego. El que más hablaba era Alberto, recordándoles constantemente que no se entretuviesen de camino a Argüelles. También dijo que no pensaba esperar a ninguno si no llegaban a tiempo para coger el metro. Alberto podía llegar a ser un intensito si quería. Suso no dejaba de repetir las opciones que tenían por si les fallaba en plan como si fuera una azafata de vuelo explicando las salidas de emergencia y Carla solo se pasó de forma esporádica para dejar algún *sticker*.

Llevaba toda la hora sin mirar el grupo. Movía la pierna izquierda y miraba de reojo a Vir, la única con la que compartía clase a esa hora, que agarraba la mochila por ambos lados cual paracaídas. Asintieron con la cabeza, cómplices, y Aitor se aguantó la risa. Solo quedaban seis minutos.

La profesora Elvira dijo que podían ir apagando los ordenadores, que ya no los iban a necesitar más. Cinco minutos. Se explayó regañando a los alumnos que no habían traído los deberes a tiempo, entre los cuales se encontraba Aitor, por supuesto. Dos minutos.

Se quejó de que la gente estaba recogiendo antes de tiempo. Aunque fuese viernes y ella también quería irse, les guardaba un respeto. Un minuto.

Cuando el timbre resonó por todo el instituto, Vir y Aitor salieron corriendo como dos toros confusos en plena plaza. Este último trastabilló y rechinó los dientes, molesto. Vir le hizo un gesto con la cabeza cuando llegó a la puerta y unas cuantas personas ya estaban detrás de ella.

No llegó. No se detuvo cuando Pedro se puso delante de él, ambos chocaron. Bufaron al mismo tiempo y Aitor se frotó el pecho dolorido con una mueca. No sabía que el cabezón de ese chico pudiese pesar tanto como un saco de patatas.

—Eh… perdón, es que tengo prisa —dijo Aitor de forma atropellada, apenas sin vocalizar antes de echar a correr otra vez.

Antes de que pudiera mover una pierna, Pedro ya le había cogido por el brazo.

—¡Espera! —espetó y Aitor se giró hacia él, molesto, aunque relajó la expresión cuando vio que el chico tenía la mandíbula tan apretada que parecía que los pómulos se le iban a salir de la piel—. No viniste en la hora libre.

Aitor pestañeó varias veces, confuso.

—¿Cómo?

—¿Qué tengo que explicar? —Pedro frunció el ceño, visiblemente incómodo y enfadado—. Ayer te dije que quedásemos en la hora libre para hablar sobre nuestro trabajo de biología y no te has presentado.

Le costó un poco más de lo que le hubiese gustado darse cuenta de qué estaba hablando. Claro, la hora libre... esa en la que estuvieron debatiendo si les daría tiempo ir a Argüelles para ver si había cola, idea que descartaron en cuanto se dieron cuenta de que ya habían perdido diez minutos decidiendo si hacerlo o no. Aitor resopló y se pasó la mano por el pelo, que no llegaba a ser rizado, mientras miraba por encima del hombro del chico cómo los demás salían por la puerta.

—Ya, tío... Lo siento mucho, no me acordé. ¿Lo hablamos este finde?

Era una pregunta trampa, porque ninguno de los dos tenía el número del otro. Pedro debió darse cuenta enseguida, porque arqueó una ceja y volvió a cortarle el paso cuando hizo el amago de salir pitando de allí.

—He pensado que podíamos hacer un trabajo de investigación sobre la lactasa. Explicar por qué existen personas intolerantes a la lactosa y por qué somos los animales que, tras la lactancia, seguimos tomando leche.

—Ya. Vale. Me parece de puta madre —contestó Aitor, lanzándole una mirada entre la súplica y el hastío. «Te prometo que, de todos los momentos que podías elegir, este no es el mejor». Pedro no se movió del sitio. De hecho, ni siquiera pestañeaba. Aitor empezó a mover la pierna por puro nervio—. ¿Podemos hablar de esto otro día, por favor?

43

Pedro suspiró, dejó caer los hombros. Joder, hasta sus suspiros sonaban profundos con esa voz. Miró otra vez por encima del hombro. Iba a llegar tarde. Seguro que, como mínimo, perdía un metro.

—Mira, Aitor… sé que a ti esto no te importa en absoluto, pero yo necesito tener buena nota para la EVAU y no puedo dejar que este trabajo me baje la media. —¿Estaba hablando más lento que de costumbre o era solo su impresión? Dios, ¿por qué no le dejaba ir?—. Así que te pediría que, por favor, te quedaras conmigo aunque sean quince minutos en la biblioteca para decidir qué vamos a buscar cada uno y cómo vamos a hacer el trabajo.

Aitor pensó que, como estirase más la pierna, se le iba a salir del muslo. Como desencajada, sin más. Siseó, fastidiado, y vio en el rostro de Pedro que no estaba nada contento con su respuesta. Desesperado, Aitor le cogió de los hombros y este abrió mucho los ojos, sorprendido.

—¡Vale, lo que tú digas! ¿Me dejas ir al servicio un momento, por lo menos? Me estoy meando vivo.

Pedro pareció pensárselo unos segundos antes de suspirar y quitarse una de las manos encima del hombro con elegancia y la mueca de quien se está despegando un chicle de la suela del zapato.

—No tardes, por favor.

Aitor le dedicó una sonrisa rápida, asintió una vez con la cabeza y salió corriendo por la puerta.

Por supuesto, pasó de largo de los servicios y bajó las escaleras de la entrada de un salto, sin importarle lo mucho que le dolieron los pies o el pequeño tropiezo antes de estabilizarse del todo. Ya le pediría perdón el lunes, cuando aún le durase la sonrisa por haber visto en directo a Los SFX.

Pasó corriendo entre dos chicas y se giró solo un segundo para disculparse, guiñando el ojo. Atravesó un paso de peatones con la mano alzada, ignorando cómo el conductor de un coche le pitó, cabreado. Solo tenía un objetivo en ese momento, un objetivo que iba por pasos. El primero era llegar a coger un metro sin tener que esperar cinco minutos. ¿Quizá había un autobús que le llevase antes? No lo había pensado. ¿Podría mirarlo en el móvil mientras corría? Era posible que no fuera la mejor idea.

Cuando pasó junto al edificio en obras, no escuchó los gritos, pero sí el:

—¡Chico, cuidado!

Volvió a tropezar y miró hacia arriba, pero no le sirvió de nada.

Después, solo hubo negro.

Tras el negro, vino el rojo. Después, los mismos colores y la misma sensación que cuando de pequeño se apretaba los párpados para ver destellos. Fuegos artificiales. Solo que la presión se hizo insoportable.

Luego, nada. ¿Podría decir que veía negro si ni siquiera sabía si tenía los ojos abiertos? ¿Si estaba respirando? ¿Moviendo los brazos? Intentó hacerlo, pero no tocó nada. No sintió ni siquiera la pequeña ráfaga de aire colándose entre los dedos al sacudir la mano. ¿Acaso la había movido?

—¿Hola? —preguntó por pura desesperación, aunque no estuvo seguro de que hubiera salido nada de sus labios.

—Mira que sabía que vendrías algún año de estos, pero no esperaba que fuese tan pronto.

Se sobresaltó, el susto le hizo sentir los latidos del corazón en las sienes. La voz no era grave, ni aguda, ni tenía un timbre que pudiese identificar con algo o alguien. Simplemente, estaba ahí, dentro de su cabeza, de dentro hacia fuera.

—¿Quién eres?

—Alguien a quien no te conviene conocer. No todavía.

Tragó saliva. ¿Acaso tenía la garganta seca?

—¿Dónde estoy?

—En ninguna parte. Esto es lo que algunos consideran el limbo, el lugar que se disputa entre la Vida y la Muerte cuando tu alma aún no conoce su destino.

Ahogó un grito. Estaba de coña, ¿no? Esa tenía que ser Vir fingiendo alguna voz mientras Carla le ordenaba lo que tenía que decir, pero la falta de visión no tenía sentido. Nada lo tenía.

Su mente ya no sabía cómo hacérselo saber.

—Un momento... estoy... ¿muerto?

—Todavía no, pero estás en ello.

—Pero... pero ¿cómo? —Intentó enfocar la vista en ninguna parte—. ¿Qué ha pasado?

—Que se han juntado un adolescente impaciente, un jefe de obra imprudente y el momento más inoportuno de todos —respondió la voz etérea y Aitor empezó a sentir, por fin, una presión incómoda en el pecho—. Lo siento, chico, a veces unas muertes son heroicas y, otras, una broma cruel del destino.

—No… no puede ser… Yo tendría que estar… —¿Dónde tendría que estar? Tenía prisa por ir a algún sitio, pero no recordaba a dónde ni por qué. Ah, sí, le había parado ese compañero de clase… por alguna razón… Qué pesado era. Encima, ahora se encontraba atrapado supuestamente en el limbo—. Oye, esto no puede ser. No me jodas, que soy muy joven para ser un fiambre.

—Bueno, ahora mismo te quedan pocas opciones.

—¿Y esas cuáles son? —preguntó con la voz atragantada por la garganta cerrada.

¿Por qué las únicas sensaciones que podía permitirse eran tan angustiosas?

—Dejarte llevar y morir, o…

—Cosa que no va a pasar.

—Luchar por volver. Aunque puede que no funcione y te quedes meses, incluso años, intentándolo y no haya resultado. Lo que los humanos comúnmente denomináis «coma».

Siseó con fastidio y luego resopló. No. Definitivamente no tenía tiempo para eso… Tenía que volver ese día. No sabía por qué, pero debía hacerlo.

—Vale, ¿y no hay ninguna otra opción?

—Bueno, hay una última. Aferrarse a la vida todo lo posible, pero no es muy aconsejable…

—Hecho. ¿Qué tengo que hacer?

Hubo un silencio entre los dos. Se imaginó a alguien con expresión incrédula parpadeando varias veces. O tal vez poniendo los ojos en blanco y pensando «allá vamos, otro tonto más». De cualquiera de las dos formas, quería que respondiese rápido.

—Aitor, si vuelves ahora no será como te imaginas. Es un método muy intrusivo y tendrás que pelear por liderar un cuerpo que...

—Que sí, no pasa nada, no sería la primera vez que me he metido en una pelea.

Aunque tenía catorce años y fue el que acabó peor de los dos. Pese a ello, no tenía tiempo para explicaciones. No iba a entenderlas, ni quería, y cada segundo que pasaba allí, rodeado de una nada que le apresaba, era más agobiante que el anterior. La otra voz, ente o lo que fuera, suspiró y contestó:

—Está bien, entonces solo tienes que retroceder y saltar.

Asintió con la cabeza, aunque no estuvo seguro de que lo hubiera hecho en realidad o que el otro ser le hubiese visto. Tampoco comprendía si se refería a alguna especie de metáfora o era algo que tenía que hacer. Sin más.

Ir hacia atrás. Saltar. Salir de esa pesadilla.

Aitor no era el chico más reflexivo del mundo, todo lo que hacía era por impulsos, así que hizo exactamente lo que le dijeron.

Después, solo hubo luz.

Y la sensación de que se despertaba tras soñar que caía desde una gran altura, solo que esa vez sí que trastabilló y estuvo a punto comerse el suelo.

—¡Jesús! ¿Estás bien?

Pestañeó y levantó la mirada. La secretaria estaba cogiéndole del brazo para ayudarle a ponerse de pie, pero él no

recordaba haber estado en el pasillo del instituto cuando…
¿Había retrocedido en el tiempo?

—Sí, solo un poco…

Calló. Cerró la boca de forma tan abrupta que se hizo daño con los dientes y abrió mucho los ojos. Esa no era su voz. De hecho, era una voz tan profunda que solo se la recordaba haber escuchado a un chico…

—Madre mía, te has puesto blanco… —dijo la secretaria con un gesto preocupado y terminó de ayudarle a ponerse en pie. ¿Desde cuándo era tan alto como ella? ¿Llevaba tacones?—. Ven, anda, que llamo a tus padres para ver si te pueden recoger.

—¿Mis, ¡qué!? —parpadeó varias veces y se soltó con agresividad de ella. Oh, otra vez esa voz. Algo no estaba yendo bien, nada bien—. ¿Cómo que mis padres? No tiene ni puta gracia…

La secretaria le dedicó la mirada más dolida que le había visto, como si hubiera sido su propio hijo quien le hubiese respondido así de mal. A Aitor le caía bien esa mujer, le parecía entrañable, pero nunca había cruzado más de dos frases seguidas con ella si no le beneficiaba en absoluto.

—No es propio de ti que hables así, Pedro… ¿Ha pasado algo?

Parpadeó varias veces, incrédulo y mareado. ¿Cómo le había llamado?

Pedro.

Quiso responder, pero no sabía si quería volver a escuchar esa voz que no estaba seguro de que saliese de él. Notó algo molestándole en el puente de la nariz, algo que le pesaba y le hacía ver unas rayas en la periferia de su mirada, como una pantalla. Se llevó una mano con rapidez a la cara y ahogó un grito de dolor al clavarse algo entre los ojos. Lo cogió y lo observó con la mirada borrosa. Unas gafas sin montura.

—Pedro, ¿me oyes?

«¿Quién eres? ¿Qué está pasando?».

Alzó la cabeza tan rápido que notó un tirón en la nuca. La secretaria era ahora la que estaba pálida, con los labios entreabiertos y posición de quien está a punto de echar a correr. Aún la veía desenfocada.

—¿Qué has dicho?

—Que si me oyes, Pedro.

—No, lo otro.

La mujer frunció el ceño, sin comprender.

—¿Qué otro?

«¿Me está dando una embolia? No, eso no puede ser, no tiene sentido… ¡Venga, vamos, céntrate!».

Boqueó varias veces. Esa sí que era la voz de Pedro. La que estaba escuchando salir de él cada vez que hablaba. La que escuchaba en su cabeza como si le susurrara al oído, rascándole el cerebro, apretándole la cabeza como si quisiera salir.

—Yo…

No pudo decir nada más antes de notar cómo alguien tiraba de él con fuerza, solo que no se movió del sitio.

Esa vez, solo vio negro durante un segundo.

Pedro tenía los días perfectamente estructurados. Los viernes se despertaba a las seis de la mañana y salía a correr por su barrio. Le gustaba la tranquilidad, el aire frío golpeándole la cara y poder ir sin gafas durante un rato. También le gustaba la sensación de la ducha caliente tras el ejercicio, y lo bien que le sentaba el desayuno cuando ya estaba espabilado. Su padre podía llevarle a clase algunos días, como ese, así no acababa tan cansado. Le gustaban los viernes porque, aparte de que las clases eran más amenas, le agradaba el sabor dulce que se le pegaba en el paladar al pensar en todas las cosas que hacía los fines de semana. En las visitas a casa de su abuela, el café artesanal tan amargo y rico que le hacía, las quedadas con sus amigos después de la hora de cenar.

Si no fuese porque ese compañero de clase le tenía amargado, disfrutaría de su mañana mucho más.

No le gustaba tener cabos sueltos. Resultaba obvio que a Aitor no le importaba nada más que él mismo y las horas que se saltaba de clase para hacer… ¿El qué? No tenía ni idea. ¿Por qué alguien desperdiciaría la mañana en no hacer nada con tal de no asistir a clase? ¿En qué le beneficiaba eso? No conseguía comprenderlo por más que le diese vueltas. Le fastidiaba tener que dedicarle más de un pensamiento cuando lo más probable era que el otro ni siquiera hubiese vuelto a pensar en el trabajo de biología, mucho menos en él.

Así que se tomó la libertad de buscar el tema por sí mismo. La intolerancia a la lactosa era uno interesante y no demasiado difícil, había encontrado la suficiente información como para tirar del otro chico, por lo menos, la primera semana.

Tuvo que respirar varias veces en profundidad cuando no se presentó a la cita del viernes. Aunque no sabía de qué se extrañaba, era obvio que no iba a aparecer. Aitor era un gamberro y hacía lo que le daba la gana. Un gamberro de buen ver, eso sí... pero, incluso si fuese el más guapo de la clase, que no lo era, no le daba derecho a ignorarle de esa forma.

Aun así, decidió tener paciencia. Esperó hasta última hora para acercarse a él y pedirle, por favor, que se quedara un rato. Al principio, pensó en decirle que comieran allí, pero ni siquiera él tenía tantas ganas de hacer un trabajo como para malgastar su viernes de esa manera. Parecía que iba a conseguir, por lo menos, organizar la estructura de la investigación. Quitarse ese peso de encima para poder trabajar a gusto. A lo mejor, incluso conseguía que Aitor hiciese su parte sin tener que ir detrás de él.

Cuando pasaron cinco minutos en la soledad de la biblioteca sin que el otro apareciese, de pronto lo supo. Cerró los ojos y se frotó los párpados por debajo de las gafas. No se había ido al servicio, por supuesto que no. Idiota. Ingenuo. Iluso.

Abrió los ojos y salió al pasillo, debatiendo mentalmente consigo mismo lo que iba a decirle el lunes cuando le viese, porque tampoco tenía otra forma de contactar con él. A lo mejor podía empezar el trabajo por su cuenta. De todos modos, había preferido trabajar solo.

Fue entonces cuando, de repente, algo tiró de él.

4

Cuando Aitor era pequeño y sus padres aún vivían, solían ir a las fiestas de Aranjuez a visitar a unos amigos. Él se iba con el hijo mayor de ellos, al que sacaba dos años, les daban un poco de dinero y aprovechaban para montarse en las atracciones. Su favorita era un simulador de movimiento en cuatro dimensiones, o así lo describían los feriantes; para Aitor era «la furgoneta». En una gran pantalla se reproducía una película de una montaña nevada, una montaña rusa gigante o una carrera de coches, entonces el vagón arrancaba. Hacia delante, hacia atrás. Con mucha velocidad. Una ráfaga de aire le golpeaba la cara. Él reía eufórico porque podía disfrutar de la experiencia sabiendo que no le iba a pasar nada. Todo a su alrededor se movía, pero era una ilusión. Aitor acababa con ganas de más, el otro niño se mareaba y tenía que sentarse en el banco un rato para recuperarse.

Ahora le estaba pasando algo muy parecido, solo que mucho menos excitante. Notaba el sudor frío en la frente y la espalda, y una ansiedad que ya no sabía si era suya, de Pedro o de los dos. Se sentía mejor con cada bocanada de aire fresco que, desde luego, él no estaba tomando. Se tocó el pecho, bajó la vista para mirárselo como si quisiera comprobar si le faltaba alguna pieza. Solo podía ver lo que seguían las pupilas de Pedro, él estaba sentado en una atracción con la barra de seguridad que le impedía mover cualquier extremidad de su cuerpo. No le estaba gustando nada ese simulador.

—Venga, Pedro, ven conmigo a la sala de profesores —le dijo la mujer con suavidad, cogiéndole del brazo.

Rechazó el contacto con delicadeza, se colocó las gafas y se aclaró la garganta.

—No pasa nada, de verdad. Ya estoy mejor —respondió Pedro con ese vozarrón de ultratumba—. No quiero molestarla...

«¿Qué cojones, tío?», dijo Aitor, y esa vez se sintió mejor al comprobar que era su voz, la de siempre. Aun así, supo que no había salido de la boca de Pedro, que dio un pequeño salto del susto. La secretaria frunció el ceño, extrañada. «¿Qué pasa ahora? ¿Por qué ya no puedo mover nada?».

—Que pase un buen fin de semana —se despidió Pedro y se dio la vuelta, caminando cada vez más rápido hasta que echó a correr.

«Por favor, relaja... me estoy mareando», avisó Aitor, aunque empezó a dudar de que esas palabras le estuvieran llegando a alguien.

Se sentía confuso y desamparado, una pesadilla terrible después de haber cenado demasiado o un mal viaje. Una vez fumó porros con sus amigos, no lo volvió a hacer nunca más porque le atacó un sentimiento de paranoia, muy similar al que tenía en ese momento. Lo peor era que sentía todo... *diluido.* Lo sentía suyo, pero al mismo tiempo ajeno, externo.

Como si lo compartiese con Pedro.

«Vamos, no me jodas», pensó y el chico se detuvo en seco, echándose hacia delante con una mano en la rodilla y la otra en el pecho. Jadeó y la boca le supo agria, salivaba más de lo normal. «No me digas que se va a poner a vomitar... Tío, por favor, no. Es lo último que me faltaba».

—¿Quién eres? —preguntó en un susurro con la mirada clavada en el suelo palpitando, temblorosa—. ¿Aitor...?

«¿Puedes oírme?», Pedro asintió; Aitor suspiró, aliviado, aunque no supo por qué. «Supongo que sí, que soy Aitor, aunque esta situación me pilla tan de sorpresa como a ti. Bueno, más o menos».

—Pero... —Pestañeó tantas veces que Aitor se puso nervioso—. Vamos a ver, ¿cómo estás aquí, conmigo...? ¿Dónde estás?

«Yo qué sé, imagino que dentro de ti».

Notó un escalofrío desagradable recorriéndole toda la espalda y el chico gruñó, incómodo.

—Eso suena... fatal.

Quiso decir algo más. Que sí, que claro que sonaba fatal, porque aún le costaba creerse que había tenido una experiencia extracorpórea con un ente desconocido en el limbo antes de eso y que le podría haber preparado un poco, pero entonces notó el calor de las mejillas y se dio cuenta de por qué a Pedro le había sonado tan mal. Aitor resopló, o mejor dicho, imitó el ruido dentro de su cabeza.

«Chico, en serio…», suspiró y le escuchó tragar saliva. Entonces tuvo una idea. «Ve a la calle de aquí al lado, donde las obras, y ve a ver qué ha pasado».

—¿Por qué…?

«Tú solo hazlo, que lo mismo flipamos los dos juntos».

Vio la duda en el temblor de sus piernas, pero acabó haciéndole caso. Nada más salir del instituto, escuchó la sirena de una ambulancia lejana. No tardaron en verla aparcada en plena carretera y la multitud de personas alrededor de algo que no alcanzaba muy bien a ver. Había polvo, mucho polvo. Quiso acercarse, pero Pedro no se movió de la acera de enfrente.

«Venga, vamos, que desde aquí no se ve nada».

—¿Para qué quieres ver un accidente? —preguntó con disgusto. Los nervios eran casi palpables en su voz. No tardó ni un par de segundos en añadir—: Espera, ¿tú estás ahí?

«Eso creo, pero si no te mueves…».

No les dio tiempo a acercarse antes de que la ambulancia arrancase. Un hombre con un casco, seguramente un albañil de la obra, pedía que, por favor, la gente se dispersase. Aitor notaba el tirón en la nuca, a él mismo intentando controlar el cuerpo de Pedro para hacer que se pusiera de puntillas, que cruzara la calle, que diera unos pasos hacia delante. Sin embargo, nada, seguía atascado en la furgoneta. Notaba la bilis subiéndole por la garganta, pero ¿por qué? ¿Por la rabia? ¿Ese era Pedro o Aitor?

—Pobre niño… —murmuró una mujer cerca de ellos. El chico se giró y siguió con la mirada a la mujer con su acompañante, que se agarraba el pecho y miraba hacia atrás, hacia el accidente, casi sin avanzar—. Dicen que le han caído por lo menos tres sacos de cemento encima… Ya es casualidad que tuviese que cruzar justo en ese momento. ¡Qué mala suerte! Y qué obreros más negligentes…

Algo le apretó el estómago y le impidió respirar por unos segundos. Ahogó un grito, y supo que lo había hecho él, Aitor, pero fue Pedro el que se llevó la mano a la boca.

«Tienes que ir al hospital de Reina Victoria».

—¿Qué? —preguntó en un susurro y aún con la voz ahogada por la mano. Luego, la dejó caer—. ¿Por qué?

«Porque seguramente me lleven allí, me tengo que enterar de lo que ha pasado».

Pedro cerró los ojos con fuerza y se masajeó el puente de la nariz con dos dedos, suspirando. A Aitor eso le frustró, sobre todo porque no podía saber cuánto iba a estar así y eso le agobiaba. No le gustaba esa posición de mero espectador.

—Mira… voy a racionalizar esta situación. Voz en mi cabeza, entiendo que quieras saber qué ha pasado, ¿vale? —Abrió los ojos, alzó la cabeza y se fijó en que un par de personas le miraban fijamente antes de girarse, disimulando. Se encogió de hombros y bajó la voz, avergonzado—. Pero esto es… demasiado para mí. Debo estar sufriendo alguna especie de conmoción, algún efecto secundario de las pastillas. Y tengo cosas que hacer en casa, así que…

«¿En serio?», espetó con voz amarga. Sabía que ese chaval era rarito, un borde, pero… ¿tanto como para ignorar la situación? «Tronco, no seas como en las películas esas que se pasan cincuenta minutos negando la existencia de movidas raras hasta que les muerde un zombi, que me puedo estar muriendo y a ti te importa más hacer los deberes de la Teresa. Va a ser solo un momento, no me seas mierdas».

—No, no… —murmuró Pedro en un suspiro negando con la cabeza. ¿Quién hacía eso en la vida real? ¿Un dibujo animado? No sabía que podía marearse dentro de su cuerpo, pero, al parecer, sí era posible—. Esto es demasiado… disparatado, y no puedo empezar a hacer caso a las voces en mi cabeza por mucho que se parezca a la de un compañero de clase. Bastante extraño es hablar solo por la calle. Así que te pediría, por favor, que me dejaras en paz.

Cogió aire y echó a andar. Le recordó a cuando Aitana se enfrentaba a Nadia: el mismo tono, la misma posición de fingida determinación antes de marcharse, por si acaso había posibilidad de réplica. Solo que, en ese caso, Pedro no podía escapar de Aitor, y a este se le empezaba a hinchar una parte del cuerpo que ni siquiera era suyo.

«Mira, tío, si no me llevas tú… Nos llevo a los dos».

Le notó fruncir el ceño, incrédulo, pero no le dejó responder. Aitor se chocó contra la *pared*, o lo que él sentía que lo era. Saltó, se lanzó e ignoró cómo Pedro jadeaba con esfuerzo y los curiosos que aún quedaban le preguntaban al aire. O quizá le estaban preguntando a él. Y Aitor siguió saltando, saltando, saltando.

Hasta que pudo salir fuera.

Cogió aire como si hubiese golpeado la superficie del lago. La mochila en la espalda le pesaba más que hacía unos segundos. Alguien le estaba tocando el brazo y él se deshizo del agarre de un manotazo.

—¿Estás bien, chico? —le preguntó un hombre con recelo y Aitor tardó unos segundos en reaccionar, tocándose el cuerpo para percatarse de que sí, estaba otra vez en control de él. Suspiró, aliviado.

—Sí… Es que lo del accidente ha sido la hostia de fuerte, ¿eh? —Se rio, nervioso, aunque por la cara confusa del hombre supo que no era la respuesta adecuada para ese momento.

«¡Oye! ¿Qué… qué estás haciendo? ¡Déjame salir!».

Tosió al notar golpes en el pecho. No, no iba a dejarle. Ya notaba todos los músculos de su cuerpo agarrotados, no quería tener que volver a pasar por eso otra vez.

—Cállate, coño, que solo va a ser un rato —susurró, provocando que el hombre se alejase de él y Aitor se dio la vuelta, corriendo en zancadas hacia la parada del metro más cercana.

Ignorar la voz de Pedro durante todo el trayecto fue mucho más duro que cuando lo hacía con los profesores en clase. Era como la radio escacharrada de voz demasiado metálica y con volumen demasiado alto que solía poner su padre durante los viajes de coche, en los que quería arrancarse los tímpanos. Peor, porque esa voz iba dirigida hacia él y acompañada por la sensación constante de golpes en el estómago. Como si Pedro fuera a abrirse paso entre sus entrañas y asomar la cabeza por el ombligo, con la mirada afilada de ojos entrecerrados. No sabía cómo estaba conteniéndolo tan bien, quizá la angustia por saber qué le había ocurrido era más fuerte que las ganas de Pedro de volver a su casa.

«Lo digo en serio. Sea lo que sea esto, este es mi cuerpo y no tienes mi consentimiento para…».

—Pero ¿te quieres callar de una vez, pesado? —preguntó, irritado, cuando Pedro le dijo lo mismo por enésima vez. Se miró el estómago como si, de alguna forma, estuviese seguro de que el chico estaba alojado ahí.

Cuando levantó la mirada con un bufido, todo el vagón estaba mirándole. Un par de chicas rieron entre dientes y un hombre parecía tan ofendido como si se hubiera cagado en todos sus ancestros; dibujaba una expresión de profundo disgusto. Aitor alzó las cejas.

«¿Te importaría no parecer un demente, por favor? Que es mi imagen la que estás usando».

Aitor chasqueó la lengua con fastidio y de pronto se dio cuenta de algo más que obvio. Claro, ese no era él. Ni su cara, ni su cuerpo, ni su voz. Podía hacer lo que quisiese sin dañar su reputación.

El metro avisó de su llegada al metro de Cuatro Caminos y, antes de que se abriesen las puertas, se giró hacia el hombre, llamando su atención con un resoplido.

—¿Sabes? Hay que ser gilipollas para quedarse mirando a gente que no conoces con cara de estar oliendo mierda. Por lo menos disimula un poco.

El hombre parpadeó varias veces, abrió tanto la boca que su mandíbula pareció desprendérsele y las chicas del asiento más lejano volvieron a reírse. Aitor suspiró con alivio al salir del vagón. Qué a gusto se había quedado.

«Eso... Eso no ha estado muy bien».

—Déjame, que a lo mejor la palmo hoy. Por lo menos, déjame tener este caprichillo —bromeó, dirigiéndose hacia las escaleras, aunque notó un pinchazo entre las costillas y en el pecho que nada tenía que ver con estar corriendo.

Era extraño. Era como bromear con sus amigos sobre morirse cuando algo les daba asco, o tirarse por la ventana cuando estaban muy emocionados con algo. Estaba tan acostumbrados a ese tipo de humor que ahora que se daba cuenta de que podía ser real, no le hacía tanta gracia, pero tampoco era capaz de procesarlo. Seguía ahí, en el mundo, al fin y al cabo.

Más o menos.

«No tiene por qué pasar, ¿sabes? Si sigues aquí, imagino que será por algo».

Aitor apretó los labios. No le gustaba tanto eso de compartir emociones o almas o lo que narices fuera esa conexión que le hacía diluir tanto la línea donde empezaba Pedro y terminaba él. No contestó, solo siseó, pero no volvió a sentir golpes.

Solo había ido una vez a ese hospital y el recuerdo no le era agradable. De pronto, ese edificio rosado y blanco en una esquina de la calle le parecía un lugar surrealista sacado de un mal sueño, incluso no habiendo nada raro en él. Tragó saliva, le costó entrar. Las piernas le pesaban como los sacos de cemento que le habían caído en la cabeza minutos antes.

Agradeció que Pedro no le dijera nada en ese momento, o quizá no era capaz de oír su voz por encima del ruido de la entrada del hospital. No habría más de diez personas, aunque le pareció como estar en un concierto. El olor a antiséptico y gel hidroalcohólico le golpeó enseguida. Se acercó al recepcionista y dio golpecitos en el mostrador con impaciencia mientras esperaba su turno. Cuando por fin le tocó, se inclinó tanto con las manos sobre el mármol que parecía que quisiera pasar al otro lado. El recepcionista debió darse cuenta, porque se echó hacia atrás con una sonrisa cortés, pero receloso.

—¿Le puedo ayudar en algo?

—¿Ha llegado ya Aitor Velasco Guzmán?

El hombre se le quedó mirando y se puso aún más impaciente. ¿No debería estar mirándolo en el ordenador, como en las películas? ¿O al menos hacer el amago de escribir?

—¿Es un doctor o...?

—Un paciente. Bueno, no lo sé, acaba de llegar o tiene que llegar todavía. ¿Cuánto se tarda en ambulancia desde Tetuán hasta aquí?

El hombre parecía bastante perdido y, si él lo estaba, Aitor se sentía más confuso todavía. Necesitaba la seguridad de que alguien le dijera de una vez qué estaba sucediendo, una autoridad, alguien mayor que él. Por fin, el recepcionista buscó algo en el ordenador y Aitor aprovechó para coger aire.

«A lo mejor no les ha dado tiempo a registrarte», dijo la voz grave de Pedro y el hombre no levantó la mirada de la pantalla cuando frunció el ceño.

—Aquí no aparece nada, quizá no lo hayan registrado aún.

Aitor chasqueó la lengua, fastidiado, y se encogió de hombros.

—Bueno, pues ha venido una ambulancia con un chaval al que le han caído no sé cuántos kilos de cemento encima. ¿No te suena de nada? ¿No me puedes decir dónde está?

El hombre parpadeó con lentitud y entreabriendo los labios. El chico siguió golpeando el mármol con los dedos, impaciente. ¿Por qué el recepcionista de ese hospital era tan lento? No podía ser la primera vez que alguien le hiciera una pregunta parecida. Bueno, nada que tuviera que ver con cemento, pero sí sobre algún recién llegado herido.

—Pues… yo no tengo esa información, pero si me das tu nombre puedo llamarte cuando sepa algo.

—Pedro… —comenzó Aitor, pero se humedeció los labios cuando se dio cuenta de que no se acordaba del resto. En algún lugar dentro de él, notó una persona juzgándole—. Solo Pedro.

—Vale, Pedro. Siéntate y veré lo que puedo hacer.

Asintió y se apartó del mostrador. Para matar el tiempo, se puso a dar vueltas por la recepción, leyendo carteles sobre donar órganos, sangre y guardar silencio. No creía que pudiera aguantar sentado. Comenzó a notar una capa de sudor frío en la espalda nada familiar para él y esbozó una mueca de asco. Se apoyó en la pared, pero fue peor; el frío le caló hasta hacerle estremecerse.

«Mis padres se estarán preguntando dónde estoy», dijo Pedro. Aitor se rascó el cuello, nervioso. ¿Cómo podía sudar tanto este condenado? «Llevas… llevamos un rato aquí. ¿Y si…?».

No llegó a terminar la frase. Se abrieron las puertas y el ambiente de la recepción cambió por completo. Las dos mujeres entraron con fuerza y pisando como dos elefantes y recorrieron todo el lugar casi en un par de zancadas. Aitor se irguió en cuanto se dio cuenta de que eran Nadia y Aitana, esta última tan pálida que le costó identificarla. Se acercó de un salto hacia ellas, pero antes de que el recepcionista terminase la frase, ya estaban echando a correr.

—¡Esperad! —gritó Aitor y la mujer se dio la vuelta con las manos aún en los hombros de su sobrina—. ¿Cómo esto... está Aitor?

A Nadia le costó responder, se colocó el pelo, que solía recogerse en un moño y ahora parecía no haberlo peinado en días. ¿Qué había estado haciendo cuando le habían llamado del hospital?

—Pe-perdona, no sabemos muy bien —respondió con un hilo de voz y colocándose el bolso sobre el hombro. Quizá se sintió obligada a añadir algo más ante la mirada intensa de Pedro, porque balbuceó al decir—: Está en coma, pero aún... no sabemos nada.

—¿Y tú quién eres? —espetó Aitana y el chico se giró hacia ella. Tenía los ojos inyectados en sangre, el rostro lleno de confusión y no dejaba de rascarse el brazo como si se fuera a arrancar la piel a tiras.

Se olvidó de respirar durante un segundo. Volvió a unos años atrás, cuando su hermana de ocho años esperaba sentada en un pasillo del hospital con los pies colgando de la silla y sin comprender qué había sucedido con sus padres. Ahora su mirada también destilaba rabia que no sabía si estaba dirigida hacia la situación o hacia él mismo. Aitor retrocedió.

—Soy... —Cerró la boca al darse cuenta de que estaba a punto de contestar «soy Aitor». Apretó los labios—. Pedro, un compañero de clase de tu hermano. Es que he estado durante el accidente y, bueno, quería saber...

—No tengo ni idea de quién eres —escupió la chica y Nadia la cogió de los hombros, chistó con suavidad para tranquilizarla mientras la giraba para acercarse al ascensor.

Aitana solo le dedicó un último destello amenazante, Aitor notó un pinchazo de angustia en el estómago, como si le hubiera metido una patada.

Recordó cuando, con diez años, algunos de sus compañeros de clase le preguntaron con curiosidad y sin ningún tipo de tacto qué había pasado cuando volvieron después de semanas. Otros ni siquiera les miraban a la cara. Acabó pegándole un puñetazo en la nariz a Suso por un comentario sin malas intenciones, pero fuera de lugar: «Ahora tus padres son como esos ángeles de la guarda de las canciones de catequesis». Le dio tanto asco que se le tiró encima. Suso nunca había tenido malicia, pero tampoco era muy acertado la mayoría de las veces. Estaba seguro de que, de haber podido, Aitana se le habría lanzado también a Pedro en ese momento para meterle un puñetazo.

Quizá fue porque no podía soportar ver a su hermana con el rostro de quien iba a perder otro familiar o tal vez que esa mirada afilada de desprecio le había afectado demasiado, pero avanzó hasta colocarse frente a las puertas del ascensor y pararlas con una mano. Tanto Nadia como Aitana dieron un bote del susto.

—¡Aitana, te prometo que estoy bien! No te preocupes por lo que vayas a ver.

La chica parpadeó sin saber dónde enfocar la mirada, sorprendida y pálida. Tardó unos segundos en reaccionar y frunció el ceño, sacando los dientes al hablar como un felino a punto de atacar.

—¿De qué coño hablas, pirado? —murmuró y Nadia volvió a cogerla de los hombros, aunque esta vez le lanzó una mirada de advertencia a Pedro. No, a Aitor. Porque tenía que hacerles ver que era él, que estaba bien, que no llorasen por él, que iba a conseguir volver.

Empezaba a ver destellos negros en los bordes de su mirada.

—¡No soy un pirado, idiota! Soy... soy...

Trastabilló hacia atrás, mareado, y soltó el ascensor. No se había fijado hasta ese momento de que los golpes en el estómago habían vuelto y con mucha más intensidad. Vio la puerta del ascensor cerrarse y los dos rostros asustados, confusos e incluso irritados de las dos mujeres como flotando entre el pequeño resquicio, a través de un velo. A través de un sueño y agarrado tras la barra de seguridad. Y solo entonces escuchó la voz grave dentro de su cabeza y no saliendo de él.

«Será mejor que me encargue yo a partir de ahora».

Y Aitor volvió a estar en segundo plano. El cuerpo, que no era el suyo, cansado, destrozado, exhausto. La mente que compartían, nublada, desgastada, espesa. Pedro se recompuso, le dio las gracias a la gente de alrededor que se había acercado para ver si estaba bien y salió caminando con lentitud del hospital.

Aitor no dijo nada, ni siquiera lo intentó. Solo calló. Y, de alguna forma, solo existió.

5

Cuando Aitor era pequeño y algo no le gustaba, se evadía poniendo cualquier serie en la televisión. No era una forma muy profunda de confrontar los problemas y, desde luego, las series que elegía tampoco eran de culto, pero le servía para desconectar. No se enteraba de la trama, tan solo dejaba navegar su mente como en un paseo en barco o en coche. Nunca había ido en barco.

Viajar en el metro con Pedro era muy parecido a estar viendo una serie de televisión sin hacer nada, pero en esa ocasión no se podía permitir desconectar. Tampoco había mucho que hacer; el chico se miraba las manos nerviosas mientras retorcía el asa de la mochila. Estaba sentado en el extremo de uno de los bancos, intentaba calmar tanto su respiración como los latidos de su corazón. Las manos le sudaban como la espalda en el hospital; a Aitor le frustraba querer frotárselas en el pantalón, pero que la orden no llegara a esa parte del cuerpo. Ni siquiera sabía si Pedro era consciente de que aún estaba allí, pero no tenía ganas de volver a discutir.

—¿Sigues ahí?

La voz de Pedro era un susurro cuidadoso para que nadie más le escuchase. Dentro del cuerpo del chico, en alguna parte de su cabeza, Aitor se veía a sí mismo como si estuviera espatarrado, con los brazos cruzados y mordiéndose los labios, frustrado y enfadado porque no sabía con quién descargar su rabia. Sintió el alivio de Pedro, cómo dejó caer los hombros con un suspiro, y supo que creía que todo ese episodio delirante había pasado.

«Sep. El pódcast del comatoso en el cuerpo del friki sigue funcionando, ya lo siento».

Notó la ansiedad creciendo y rebosando como agua hirviendo en una olla y luego un pinchazo de dolor, pero Aitor estaba demasiado ocupado sintiéndose miserable como para tener empatía con las emociones que compartía. Y eso que no le quedaba otra que tenerla.

Pararon en la estación de Vicente Aleixandre —aunque para Aitor siempre iba a ser Metropolitano— y subieron la calle. Pensar en plural era extraño cuando él ni siquiera podía mover la vista para observar las casas alrededor de los colegios mayores, como un pequeño pueblo muy caro y elegante en pleno Madrid. No tenía ni idea de que Pedro viviese allí, pero le pegaba.

Lo único que podía hacer era darle vueltas a lo mismo. ¿Cuánto tiempo se quedarían Nadia y Aitana junto a él en el hospital? ¿Volvería a su cuerpo? ¿Tan mal karma tenía que la única persona disponible como huésped tenía que ser Pedro?

—¿Sabes que te puedo escuchar rumiar? —preguntó Pedro en un susurro molesto mientras sacaba las llaves.

«De puta madre, ahora no tengo privacidad ni en mis pensamientos. La cosa mejora por momentos».

—El que debería quejarse aquí soy yo, no tú.

Aitor le imitó con una voz tan grave que parecía del mismo averno y se alegró de no tener garganta con la que hacerse daño. Así le sonaba Pedro todo el rato. Este chasqueó la lengua, fastidiado, mientras abría la puerta. No supo si se quedó con las ganas de replicarle; una mujer postrada en medio de la entrada con los brazos cruzados le hizo parar en seco. Aitor gritó por el susto y notó cómo Pedro se había sobresaltado por su culpa.

—Hijo, pareces nervioso, ¿estás bien? —preguntó la mujer a modo de saludo. El chico se tensó y, aunque estuviese inquieto, supo que no lo estaba mostrando.

—Claro, ¿por qué no iba a estarlo?

—He leído lo que le ha pasado a tu compañero de clase en el grupo de padres.

Aitor bufó, divertido. ¿Desde cuándo había de eso? Un grupo de padres para chavales de diecisiete años... que él supiese, Nadia no estaba metida, tampoco le interesaría, probablemente lo consideraría una estupidez. Claro que no sabía si sentirse ofendido por no haberles invitado.

—¿Por qué has tardado tanto en volver? ¿Y por qué no contestabas? Estábamos muy preocupados, tu padre sigue llamando a tu colegio a pesar de haberse ido a trabajar. ¿Y por qué no contestas al teléfono?

—Lo siento, me quedé estudiando hasta tarde. No sabía lo de mi compañero.

—Escribe a tu padre para que por lo menos sepa que estás bien antes de irte a casa de tu abuela.

Pedro murmuró otro «lo siento», su madre suspiró y se dio la vuelta, y entró en lo que Aitor supuso que era su despacho. Aitor jamás había visto una conversación tan aséptica entre madre e hijo, o quizá es que no tenía mucha experiencia en ello. No, estaba seguro de que la mujer debía tener un palo metido en el culo. Pedro se sacó el móvil que debía tener por lo menos tres años con las manos temblorosas y buscó la conversación con su padre. Aitor nunca había visto tantas comas, puntos y tildes en un chat.

«Ah, mierda, seguro que mi móvil se ha quedado todo espachurrado… ¡Con lo que me costó que mi tía me comprase uno!».

Pedro bufó y le ignoró. Entró en la cocina. Debía ser el doble que la suya, toda en colores negros y blancos, con una isla en medio y electrodomésticos cuyo nombre desconocía. Abrió una despensa con tantas bolsas que parecían estar en un supermercado y cogió una con letras amarillas. Al abrirla, olió a plátano y avena. Pedro echó leche y el contenido de la bolsa en un vaso enorme con cuchillas al fondo y apretó la tapa para batirlo. Aitor estaba tan perplejo que no habló hasta que acabó todo el proceso.

«No me jodas que te vas a meter eso para el cuerpo en vez de comer como una persona normal».

—¿Te puedes callar aunque sea dos segundos? —siseó Pedro, molesto.

Se echó el contenido con grumos en otro vaso, puso el resto en el lavavajillas —Nadia no tenía en casa y, a veces, para no tener que lavar los platos, Aitor bajaba todo al de la cafetería— y corrió como una exhalación escaleras arriba. Escuchó las teclas de un ordenador cuando pasaron junto al despacho. Pedro cerró la puerta de su habitación tras de sí y todo lo que sentía en ese momento eran los latidos acelerados de su corazón.

—Vale, ¿podemos hablar ahora de lo que ha pasado?

«¿Y de qué quieres hablar? Le vamos a dar más vueltas al asunto que a tu batido de mierda y no vamos a sacar nada en claro».

Pedro chasqueó la lengua antes de masajearse el puente de la nariz por debajo de las gafas. Después, le echó un largo sorbo al batido como quien ahogaba sus penas en alcohol. Aitor lamentó poder saborear esa cosa que sabía a plátano empapado en tierra. Pedro suspiró como si fuera la primera vez en semanas que bebía agua y solo entonces Aitor se dio cuenta: tenían hambre. Deseó poder meterse entre pecho y espalda un buen bocadillo de jamón.

—Si esto nos acaba de pasar a nosotros, significa que puede haber ocurrido antes, por lo que habrá información en algún lado sobre esto y seguro que tiene solución.

«Vale, busca en Google "cómo compartir cerebro", seguro que te salen artículos científicos y para nada ninguna historia de terror».

Pedro arrugó la nariz; sabía que se estaba hartando de su actitud. Aitor era el claro ejemplo de persona que usaba el humor como mecanismo de defensa, tanto que llegaba a incordiar por no saber cuándo ponerse serio.

¿El problema? Que estaba más acojonado que nunca, pero lo único que podía hacer era hablar, por lo que por supuesto que no iba a tener ningún tipo de filtro.

—Quizá deberíamos acotar la búsqueda, usar Google Académico y portales mucho más serios.

«Eh... sí, claro, eso que has dicho».

Pedro puso los ojos en blanco y se sentó en su silla de escritorio. Por lo poco que Aitor podía vislumbrar a través de sus ojos, la habitación tenía todo colocado como si hubiera medido cada espacio entre figura y libro de las estanterías; no había ni una sola mota de polvo o Monster vacío del día anterior. Y, en vez de portátil, tenía un ordenador de sobremesa blanco, negro y con luces de colores que debía de rondar por mucho las cuatro cifras.

Quiso decir algo, pero estaba tan obnubilado con sus alrededores que casi no se dio cuenta del tono de llamada. Era curioso ver la diferencia entre el teléfono de ese chico y su ordenador.

—Hola, abuela, ¿cómo estás? —respondió Pedro con una voz suave que no le había escuchado antes y Aitor se asustó al oír la voz al otro lado de la línea como si estuviera dentro de la cabeza.

—Muy bien, mi niño. ¿Y tú?

—Podría estar mejor. —Suspiró y, aunque Aitor quería replicar, no dijo nada. Las abuelas eran sagradas, aunque él no conoció a las suyas, no se le ocurriría interrumpir esa conversación.

—No has venido a comer, con las croquetas tan ricas que te tenía preparadas... pero todavía me queda del café cubano ese que te gusta.

Las tripas le rugieron y una sensación caliente y líquida le serpenteó por la espalda. Aitor bufó. Qué gustos más raros tenía ese tipo.

—¿Quieres venir y me cuentas por qué podrías estar mejor?

—Claro, abu. Dame quince minutos.

Se despidieron y Aitor puso una mueca que evidentemente el otro no podía ver cuando se puso de pie, buscando una chaqueta en el perchero.

«Oye, ¿no se supone que íbamos a investigar lo que ha pasado y todos esos rollos?».

—No sabemos por dónde empezar —respondió Pedro, echándose la chaqueta por encima de los hombros—. Y yo tengo que seguir con mi vida, no puedo interrumpirlo todo porque tú hayas decidido invadir mi cuerpo, ¿sabes? Hay algo llamado «consentimiento», no sé si lo conoces.

«¡Que no tenía otra opción! No es que yo estuviese deseando meterme por tu culo ni nada de eso».

Sintió cómo Pedro se ruborizaba y se preguntó cómo de recto tenía que ser ese chaval para que hasta la palabra «culo» le afectase. Aitor chasqueó la lengua.

«Oye, yo también tengo vida. O... la tenía. No puedo quedarme mucho tiempo aquí, necesito saber que mi hermana estará bien, cuidar de ella. Necesito arreglar esto cuanto antes».

Pedro dejó caer los hombros con un suspiro. Se frotó el brazo y Aitor tuvo más la impresión de estar viviendo con un dibujo animado.

—Es muy importante para ti, ¿no?

«¡Por supuesto que lo es! Es mi hermana, un bichillo insoportable, pero a pesar de todo... ugh... pues que la quiero y eso. No puedo dejarla sola».

—Yo tampoco puedo dejar a mi abuela sola —susurró

y pensó que lo había dicho más para sí mismo que para Aitor. Cogió una bocanada de aire——. Escucha, si esto sigue así durante más tiempo podemos... compartir los días. Podemos negociar que controles... eh... el cuerpo un rato los martes y los jueves para que puedas ver cómo está tu hermana, ¿vale?

«Darme tan poco tiempo es de ser un poco rata».

—Mi cuerpo, mi mente, mis normas.

Pedro se dio la vuelta para colocarse frente a un espejo de cuerpo entero y frunció el ceño con la mandíbula apretada, Aitor sabía que esa mirada se dirigía a él. Suspiró con dramatismo.

«Vaaale, te haré caso. Tampoco es que me quede otra...». Pedro asintió, se colocó mejor la chaqueta y se dirigió a la puerta. Aitor soltó una risotada divertida. «Con lo que estás atrasando la búsqueda, cualquiera diría que te gusta tenerme dentro de ti, ¿eh?».

Aunque ya no estaba delante del espejo, Aitor sintió cómo las mejillas le quemaban de todas formas.

La línea 1 del metro siempre le había olido mal, pero con Pedro todo era peor, más intensificado. Leía un libro sobre un autoestopista galáctico o algo así —no lo había escuchado en la vida—, y se tocaba la oreja, molesto, cada vez que Aitor hacía un comentario.

«Creo que lo haces a propósito, para que me acabe muriendo del todo de aburrimiento», decía y Pedro solo gruñía, provocando que las personas de al lado le mirasen de reojo. Carraspeaba y se removía, sonrojado. Todo le daba vergüenza y Aitor tenía que admitir que le hacía gracia.

Pedro paró a comprar unas verduras, cartones de leche y pastillas de caldo antes de entrar en el portal de su abuela. Vivía en un tercero sin ascensor y le abrió la puerta un hombre rubio de barba espesa y sonrisa divertida. Se parecía a Pedro si tuviese veinte años más y estuviese oxidado.

—¿Qué pasa, Perucho? —preguntó antes de darle una colleja que retumbó hasta el alma de Aitor. Pedro solo se colocó las gafas, tranquilo—. Menos mal que le traes leche a la abuela, se le acaba de terminar. Bueno, me marcho, que tengo muchas cosas que hacer.

—Adiós, Alejandro —se despidió el otro con solemnidad y cerró la puerta tras de sí. Aitor resopló.

«¿Y ese personaje quién es?».

El chico no respondió. Cruzó el pasillo y sonrió de oreja a oreja al ver a una anciana sentada en un sillón de orejas verde con las piernas sobre un taburete. El rostro de la mujer se iluminó al ver al chico. Tenía una mirada amable tras las cataratas y una expresión tan dulce que hasta Aitor se alegró de verla, o quizá eran los sentimientos de Pedro mezclados con los suyos. En todo caso, agradeció la calidez cuando se acercó a darle un abrazo y la mujer le agarró las mejillas para darle dos besos bien sonoros.

—¡Hijo mío! Lo siento mucho, tu primo se ha bebido todo el café.

—No te preocupes, he hecho la compra. Puedo llenar otra cafetera —dijo dándole dos palmadas a la bolsa de plástico—. ¿Para qué había venido Alejandro?

Pedro comenzó a sacar las cosas y ponerlas en la despensa y el frigorífico. La cocina estaba en el mismo lugar que el salón. La casa era muy distinta a la de Pedro, se acercaba más a la arquitectura de Aitor solo que la decoración era, sin duda, mucho más antigua.

—Ay, hijo, ¿para qué va a ser?

—¿Ya está pidiendo otra vez dinero?

Aitor vio cómo Pedro apretó la bolsa de la coliflor más de la cuenta. La anciana encendió la televisión y las voces de unos tertulianos llenaron toda la habitación.

—No te preocupes, cielo, si yo no me gasto el dinero en nada, qué más me da repartirlo… Anda, ayúdame a ponerme los cojines.

Terminó de colocarlo todo y se acercó a su abuela para ahuecarle la almohada de la espalda y ponerle unos cojines bajo las piernas. Aitor se dio cuenta de que una de ellas era más corta que la otra y notó cómo Pedro comenzaba a rumiar pensamientos. Algo de que su primo ni siquiera se había molestado en acomodar a la abuela, que seguro que le había quitado la televisión porque le molestaba, que el salón seguía oliendo a cigarro. Era difícil colocar los pensamientos de Pedro cuando tenía que compartirlos con los suyos y el volumen alto no le dejaba escuchar con claridad dentro de su cabeza.

«Tu primo parece el típico gilipollas al que me gustaría mandarle a la semana que viene de una hostia».

Pedro bufó y luego tosió para ocultar una risita. Se quitó la chaqueta y se sentó en el sillón frente a su abuela, al otro lado de la mesa camilla. La mujer alargó el brazo para abrir un cajón a su lado —tenía bastantes cómodas y mesas a su alcance— y sacó un trozo de lana naranja y unas agujas de tejer.

—Agárrame el ovillo, que pueda seguir haciéndole el jersey a la niña de Paulita.

Pedro obedeció enseguida y enredó la lana alrededor de sus dedos mientras la abuela tejía con un tarareo alegre. El chico se humedeció los labios y Aitor supo lo que quería preguntarle antes de que lo hiciese.

—Abuela… ¿Tú crees que hay algo entre la vida y la muerte? Un limbo donde descansan las almas que no se llegan a morir del todo.

La mujer no separó los ojos del jersey, concentrada como estaba, y un tertuliano ahogó un grito de sorpresa en la televisión como si estuviese reaccionando a sus palabras.

—Ay, niño… ¿Por qué piensas en esas cosas?

Aitor notó que le colgaba de la punta de la lengua la verdadera razón o al menos a medias: lo que le había pasado a su compañero de clase, que estaba en coma y no sabía si iba a despertar. Pero no quería preocupar a la abuela. Él tampoco lo haría, la verdad. Así que suspiró y dijo:

—Hablaron de eso en el programa de Iker Jiménez la otra noche.

—Uy, sí, qué mal fario, cambio de canal enseguida cuando veo que están echando eso —contestó la anciana y esa vez miró a su nieto con el ceño aún más arrugado—. ¿Es que te preocupa?

Pedro se encogió de hombros.

—Curiosidad.

—Yo creo que no, que simplemente te quedas dormidito ese tiempo. Poca gente puede ser tan mala como para que las condenen a estar en ninguna parte —dijo la anciana muy convencida y tirando del hilo—. No te distraigas tanto, anda, que me quedo sin lana.

Pedro se apresuró a ofrecerle más ovillo y la ansiedad de los dos chicos se disolvió en una sola, por lo que Pedro tuvo que coger una bocanada de aire. La abuela solo le sonrió con dulzura y le murmuró un «tranquilo, que a ti no te va a pasar». Lo malo era que ya había ocurrido y Aitor no pudo evitar preguntarse... ¿Había sido tan mala persona como para que le castigasen así? Sin cuerpo, en tierra de nadie, parasitando a ese chaval cuya vida era tan aburrida que hubiera preferido como penitencia divina ver documentales por la eternidad. No podía ser, porque le habían dado la opción de volver a la Tierra, ¿no?

¿Y quién le decía que todo esto estuviese pasando y no era un bucle en el que estaba atrapado para siempre? Como esas películas de terror extrañas que casi obligaba a sus amigos a tragarse. Por otro lado, Pedro se preocupaba porque fuera a compartir cuerpo con el macarra de su clase para siempre porque se hubiese quedado «dormidito» en el limbo. Aitor no le podía culpar por pensar en sí mismo.

«Esto es peor que cuando me dio un amarillo por fumarme un porro demasiado deprisa. Menudo viaje».

Pedro no respondió, ni esbozó ninguna mueca ni pensó nada al respecto, así que supuso que su broma no había sido bienvenida.

Después de un rato, Pedro se levantó para fregar los platos, pasarle un paño a la cocina y barrer el suelo del salón mientras su abuela veía una telenovela. Aitor se preguntó si sus amigos habrían conseguido las entradas para ver a Los

SFX. Que por lo menos ellos disfrutasen en vida lo que él no podía en… bueno, condena.

—¿Algo más que necesites, abuela? —preguntó Pedro, guardando la escoba y el recogedor en un armario lleno de trastos. La anciana hizo unos aspavientos con la mano.

—¡Anda, anda, deja de preocuparte tanto! Es viernes, habrás quedado con tus amigos, ¿no?

Aitor estuvo a punto de bufar divertido cuando notó el calor subiéndole por el pecho, la expectativa de una buena noche. Oh, sí que había quedado con amigos.

—Si necesitas algo, no dudes en llamarme —dijo el chico, acercándose a ella para darle un beso en la mejilla. La abuela le cogió la mano y se la cerró en un puño con algo dentro. Aitor notó algo templado y metálico. Pedro sonrió con suavidad—. Abuela, que no hace falta que me des dinero…

—Si tu primo es capaz de cogerme dinero, tú también puedes aceptarlo. Si no es nada, es para que te tomes un chocolate con churros cuando quieras.

Pedro le volvió a dar otro beso y recogió un poco más antes de salir del piso. Aitor llevaba mucho tiempo callado, no sabía si por respeto, por aburrimiento o porque seguía digiriendo la situación, pero cuando estuvieron solos, soltó un:

«No me puedo creer que por fin vayamos a hacer algo de vida social. Ya me había rayado por si tenía que salir yo a hacerte algunos amigos».

Pedro puso los ojos en blanco, suspiró irritado y no se molestó en contestarle, pero Aitor supo que había apretado los puños de más dentro de los bolsillos del abrigo.

6

Volvieron a casa, Aitor supuso que iban a arreglarse. Le preguntó qué sitios frecuentaba, que nunca le había visto por ahí, pero Pedro no respondió nada.

«No quieres que tus padres piensen que se te ha ido la cabeza, ¿eh? Bien visto», dijo Aitor y luego suspiró. Pedro dejó la chaqueta en el perchero de su habitación. «Oye, si vas por la zona de Plaza de España, podrías enrollarte y pasarte por el Taco Bell. Me ha dado hambre hasta a mí con el batido ese de tierra, ¿es posible eso? ¿Tú crees que también compartimos apetito y todas esas cosas? No has meado ni una sola vez desde que salimos de clase, te va a explotar la vejiga».

A pesar de que Pedro no hablaba, notaba la irritación creciéndole dentro del pecho y las ganas de replicarle de mala manera. A Aitor le hacía gracia, era como hacer de rabiar a su hermana, pero mucho más fácil.

Pedro se quitó los primeros botones de la camisa para estar más cómodo y se sentó frente al ordenador. Aitor supuso que iba a hablar con alguien o a hacer tiempo, pero ya era tarde como para eso. El chico se puso unos auriculares que parecían ensaimadas, bajó el micrófono y, de repente, Aitor comprendió.

«No me jodas, no has quedado con amigos, es que eres un viciado de esos de los videojuegos».

—Sí que he quedado con amigos —dijo Pedro, hablando por primera vez con él en horas. Se ruborizó—. Solo que nosotros nos lo pasamos mejor sin emborracharnos por ahí.

«Oye, oye, pero ¿y esta forma de juzgarnos tan de pollavieja? ¿Quién te ha dicho a ti que solo nos emborrachemos?».

Aunque sí era cierto; compraban unas litronas, unas bolsas de pipas y se iban a un banco de cualquier parque, preferiblemente el de Debod. Supo que Pedro había interferido sus pensamientos porque notó cómo puso los ojos en blanco y dijo:

—Increíble.

Aitor murmuró algo ininteligible porque no supo cómo defenderse. El ordenador iba tan rápido como un tiro, no como el suyo, que tardaba quince minutos en encenderse, los ventiladores sonaban como el fin del mundo y se le iniciaban cincuenta programas que él no recordaba haber instalado. Pedro pulsó en el canal de un programa cuya interfaz Aitor encontró muy complicada y empezó a escuchar risas a su alrededor. El cuerpo del chico vibró entero de la emoción.

—Hola, chicos —saludó Pedro con su voz grave y monótona de siempre, le recibieron con la misma efusividad de quien acababa de ver a una estrella del rock entrar en un escenario.

—¡Kamaru, por fin! Necesitamos a un *support asap*.

—Que sí, Luffy, que ya sé que no puedes vivir sin mí —respondió Pedro, divertido y pícaro. ¿Pícaro? Eso era nuevo. Abrió un juego que Aitor reconoció como el *League of Legends*. El nombre le sonaba, claro, era conocido, pero sus amigos y él solo lo mencionaban para hacer bromas de gente que no se ducha. En algún sitio del subconsciente de Pedro, esbozó una mueca. El chico eligió al personaje de una chica rubia de muy buen ver, de armadura blanca, morada y larga espada, y Aitor pensó que, por lo menos, Pedro tenía buen gusto. Este chasqueó la lengua. No tuvo ninguna duda de que le había escuchado el pensamiento.

—¿Quién se ha cogido a Jayce? —preguntó una chica con voz de fastidio. Otra rio en alto.

—Hay que darle algo de representación a los heteros.

—¿Cómo que hetero? —preguntó la voz que reconoció como ¿Luffy?—, si está casado con Viktor.

Otra vez risas. Pedro se unió a ellas, pero notaba la rigidez de la nuca, lo tenso que estaba porque Aitor escuchara esa conversación. Lo cierto era que no entendía nada, se sentía como si hubiera entrado de lleno en otro planeta. La cosa no mejoró a lo largo de la partida.

—Dejadles que *pusheen* un poco —empezó Luffy, tan serio como si estuviese en mitad de una guerra—. Cuando los *minions* lleguen al primer arbusto me meto con la E, esperamos a que el Ezreal use su E, luego le echo la *ulti*. Le *flasheo* en la cara y lo *estuneo* con la Q. Ha gastado su *flash* hace un minuto y medio y el curar no nos importa porque tengo *ignite*.

—¿Quién le ha dado el liderazgo a Luffy? —preguntó

una de las chicas con un bufido—. Que te calles, pesado, que se me quitan las ganas de jugar.

—Me adoras, Tifa —contestó Luffy. Pedro movía la pantalla tan rápido que Aitor se mareaba con tantos colores, luces y personajes—. Venga, que me hago el *red* y bajo a *gankearos*, a ver si dejáis de federales ya.

—Es que resulta que ellos sí que tienen una jungla que está aquí veinticuatro siete —replicó Pedro, fastidiado—. No como nosotros.

La partida siguió un buen rato mientras Aitor se dijo a sí mismo que, efectivamente, su posesión en el cuerpo de ese friki debía tratarse de un castigo divino por parte del Infierno.

Sintió que el cerebro se le iba a derretir cuando terminaron y entraron en la sala de espera del juego. Pedro debió notarlo igual, porque se bajó los auriculares a los hombros para masajearse las sienes. Aun así, las voces de las personas seguían escuchándose desde allí.

—Bueno, y ahora que estamos aquí reunidos... —dijo la chica que Aitor había entendido que se llamaba «Luna» o algo así. Pensaba meterse con Pedro en cuanto la mente le dejase de timbrar—. ¿Qué tal te va con tu chico, Kamaru?

Aitor puso la oreja en cuanto Pedro volvió a ponerse los cascos con torpeza y el calor inundándole hasta las orejas. Se había puesto nervioso, no hacía falta estar dentro de su cuerpo para saberlo.

—Ya os he dicho que no es mi chico —repuso entre dientes. Otro de los chavales bufó.

—Pues claro que no lo es, Loona. Para serlo tendría que atreverse a hablarle y solo le ha visto una vez.

«¿Oh?», se le escapó a Aitor con una tremenda curiosidad. Pedro se tapó los ojos por debajo de las gafas, desesperado, y dejaron de ver por unos segundos.

—¿Cómo voy a hablarle, Kyo? Estaba viendo el concierto con mis padres, hubiera sido... lamentable.

—Eso te pasa por salir de fiesta con tus padres por Malasaña —bromeó Luffy—. Por lo menos sabes su nombre, ¿no? ¿Cómo te dijo tu prima que se llamaba? ¿Jaime?

—No —espetó Pedro, abriendo el programa por el que estaban hablando con urgencia. No le estaba corrigiendo, supo que estaba intentando que sus amigos cortasen toda conversación, pero no lo consiguió.

—Que no, animal, que se llamaba Germán.

—¡Ah, eso, Ger...!

Aitor se lamentó en cuanto Pedro se salió de la llamada, interrumpiéndole, porque le estaba encantando ese cotilleo. Por fin decían palabras que tenían sentido para él. Pedro se quedó mirando la pantalla con la partida cancelada. A pesar de dejar los cascos en la mesa, se escuchaban las notificaciones de los chats con sus amigos, que le pedían perdón y que, por favor, volviese a la llamada. El corazón de Pedro se le iba a salir en cualquier momento por la boca. Aitor esperó unos segundos, divertido.

«Conque... Germán, ¿eh? ¿En un concierto? No me digas que es el típico guitarrista».

No le iba a decir que, técnicamente, él también lo era. Pedro se frotó los brazos, atormentado y con la garganta seca.

—Sí, bueno... prefiero no hablar del tema.

«¿Por qué no? ¿Tanta vergüenza te da? No puede ser para tanto, hombre».

—Porque nadie del colegio sabe que… eso.

Según los profesores de Aitor, al chico le faltaban unas cuantas luces. No eran precisamente sutiles a la hora de llamarle inútil, torpe o zoquete, sobre todo el profesor Gutiérrez. Aun así, Aitor pilló a la primera lo que Pedro quería decir, porque entendía más de lo que la gente pensaba.

«No te preocupes, no se lo voy a decir a nadie. Tampoco es que pueda».

Pedro bufó, divertido, y jugueteó con las mangas de su camisa. Aun con el coma de su compañero, la posesión de su cuerpo y la situación tan insólita en la que se encontraban, ese era el momento del día en el que más asustado estaba.

—¿No te importa?

«Tío, me la suda lo más grande. ¿Tan neandertal te parezco?».

—En realidad, los neandertales eran bastante inteligentes.

«Probablemente más que yo, según el Gonzalo».

Pedro volvió a reírse. Pasó los dedos por encima del teclado mecánico, distraído. No le apetecía jugar más, curiosamente quería disfrutar un poco de la compañía de Aitor y el chico se preguntó cómo era posible que quisiera pasar más tiempo con alguien con quien no le quedaba más opción que compartir sesera.

—Oye, ¿quieres que investiguemos sobre lo que nos está pasando?

Aitor suspiró, largo y tendido. ¿Quería? Pues no, estaba harto de la situación, pero ¿qué otra opción tenían? ¿Esperar a que se pasara solo, como los dolores de espalda que le daban a veces? No lo creía.

«Vale, pero luego vemos algo en Netflix, que he visto que lo tienes instalado y estoy hasta la polla. Necesito descansar». Parecía imposible que uno se cansara estando en el asiento de atrás, pero así era. Pedro despegó los labios y Aitor le interrumpió. «Nada de dibujitos asiáticos, por favor, ya entiendo poco en inglés, imagínate en japonés».

Pedro cerró la boca y suspiró, largo y tendido. Cerró programas y comenzó a buscar en Internet por palabras clave, pero Aitor tenía la certeza de que no iban a encontrar nada que les sirviese para esa situación tan concreta. Sí, estaba confuso, aterrado, con la ansiedad en segundo plano a la altura de la garganta que les conectaba. Y, sin embargo, lo único que le cruzaba todo el rato por la cabeza era cómo podía hacer saber a Aitana que, a pesar de todo, se encontraba bien.

Pedro carraspeó, entrelazó los dedos entre sí y Aitor notó el calor de su piel como la suya propia y una ajena. Era reconfortante.

Ninguno de los dos dijo nada mientras leían la primera página paranormal con la que se toparon.

No encontraron nada útil en Internet más que películas que Aitor ya había visto mil veces, pero sí que descubrieron algo aún más terrorífico: era horrible e incómodo tener que mear cuando había dos personas mirando.

«¡Es tan fácil como sentarte en el váter sin mirarte las bolas!».

—Me llevo aguantando toda la noche, ¿te crees que no me siento ya lo suficientemente martirizado?

Aún con la ropa del día anterior, Pedro observó la taza del retrete como quien contempla el interior de un agujero negro, hermoso y espeluznante al mismo tiempo. Aitor suspiró, tan molesto que solo quería dar golpes a las paredes del alma del chico hasta escapar de ahí.

«¿Se te olvida que sentimos lo mismo? También me duele a mí que te aguantes las ganas de mear. Me apetece pegarme un tiro en la polla».

—Vale, voy a cerrar los ojos.

«No hace falta que lo narres, hazlo y ya está».

Aitor siempre estaba de mala leche por la mañana, mucho más cuando apenas habían dormido. La noche se hizo tan extraña que ni se hablaron e intentaron no pensar —algo que, a pesar de todas las veces que se quedaba soñando despierto en clase, Aitor averiguó que era más difícil de lo que esperaba— y sentía que estaba a punto de reventar. Pedro cerró los ojos y tanteó a ciegas antes de sentarse, como pudo, con los pantalones bajados hasta los tobillos.

Se sintieron tan aliviados que Pedro dejó escapar todo el aire de su cuerpo y Aitor pensó que se le estaba erizando cada átomo de su ser.

Ducharse fue una tremenda odisea. Pedro se ruborizó tanto que Aitor se preguntó cómo alguien podía vivir sintiendo tanta vergüenza por todo. Abrió el grifo del agua caliente, colocó la toalla y la ropa junto a la ducha y cerró los ojos. Antes de que lo hiciera, se reflejaron un segundo en el espejo. Vale, ahora Aitor sí que se creía eso de que corriese por las mañanas. A Pedro se le cortó la respiración y supo que le había escuchado esos pensamientos.

«Tío, eres un cotilla».

No le replicó, como muchas otras veces, solo chasqueó la lengua. Se metió en el plato de la ducha con algo de dificultad y apretó el bote de gel sobre la esponja.

«¿Nunca te ha pasado que estás en la ducha con los ojos cerrados y sientes que va a haber alguien mirándote cuando los vas a abrir?».

—¿Por qué tienes que mencionar algo así en este momento?

A Pedro le dio un escalofrío y Aitor se rio. Decidió no picarle más, por el momento. Era demasiado fácil desestabilizar a ese chico, con lo recto y formal que parecía en clase.

Se secó como pudo y se apresuró a ponerse la ropa de espaldas al espejo, abriendo solo un ojo. Se había puesto el polo del revés. Pedro se volvió a colocar las gafas y, cuando salió del cuarto de baño, fingió estar mareado cuando su madre le preguntó por qué había hecho tanto ruido.

—No parece que tengas fiebre —dijo la mujer, descansando el dorso de la mano en su frente—. Aunque acabas de salir de la ducha. Desayuna algo y haz los deberes, tu padre ha traído churros.

Pedro asintió casi haciendo una reverencia y se fue corriendo hacia la cocina. Saludó con un susurro a un hombre que estaba mirando el móvil, bebiendo un café y sentado en uno de los taburetes. Era increíble lo mucho que se parecía a Pedro, aunque canoso y con arrugas alrededor de los labios y los ojos. El hombre le dio los buenos días sin levantar la mirada. No se hablaron mientras Pedro desayunaba de pie, masticando tan rápido como podía los churros. Aitor notó un miedo extraño y agobiante a la altura del pecho que le impedía tragar bien. Se aclaró la garganta. No estaba acostumbrado a una casa tan callada, tan fría. Nadia siempre tarareaba mientras se preparaba para bajar a la cafetería, Aitana le pinchaba cuando veía la poca energía que su hermano tenía por las mañanas y Aitor no tardaba en contraatacar. La chica odiaba que le despeinara después de alisarse el pelo perfectamente.

No entendía cómo alguien podía tener miedo de estar simplemente desayunando con su propio padre, que, por otra parte, no le hacía ni caso.

—Tardaste en responder ayer.

La voz del hombre rompió el silencio e hizo que Pedro se sobresaltase un poco y aguantase la respiración durante unos segundos.

—Perdona, no me di cuenta.

—Te dimos un teléfono para que lo usases en caso de emergencias. —El hombre se giró hacia él y Aitor sintió verdadero pánico. Un dragón que estaba a punto de soltar fuego por la boca—. Lo de ayer fue una emergencia, ¿verdad?

—Sí, algo así.

—¿Cómo que algo así?

—Perdón —se apresuró a responder Pedro con un trozo de churro atascado en la garganta—. Tienes razón, no volverá a pasar.

Con esas últimas palabras, la conversación terminó. El hombre asintió una sola vez con la cabeza y volvió a mirar el teléfono. Pedro se comió el último churro que le quedaba, se despidió con otro murmullo y subió a su habitación.

No volvió a respirar tranquilo hasta que cerró la puerta tras de sí. Aitor pensó que por qué había gente que quería tener hijos si iba a tratarlos de esa manera. Casi como si molestaran. Pedro frunció el ceño, sacó una pastilla de un blíster de su cajón, se la tragó y se agachó para sacar sus libros de la mochila.

—No es así, no los conoces. Trabajan un montón, todo el día metidos en colegios mayores y con chicos casi de nuestra edad, pero peor. Están cansados, solo quieren que estudie para entrar en una buena universidad.

«No, no, si yo no he dicho nada...».

—No ha hecho falta.

Aitor intuyó que la cagaría si volvía a decir algo más, así que solo observó cómo abría el libro de biología. Las páginas estaban intactas, sin esquinas dobladas y dibujos por encima de las fotos como los que hacía Aitor. Se preguntó si a Gutiérrez le serviría la excusa de estar en coma para no hacer el trabajo o, aun así, le encasquetaría un cero tan grande como las Torres Kio.

—Mejor así, me gusta hacer los trabajos solo y no creo que fueses a aportar mucho a la lactasa.

«Querrás decir lactosa, ¿no?».

—No, lactasa. Es una enzima que se produce en el intestino delgado y que...

«Bueno, me da igual, tú sí que eres latoso», espetó Aitor y ya no supo si la exasperación venía de Pedro o de él. «Me alegro de que te haya venido bien que la espiche para poder sacar un diez tú solito».

—Yo no he dicho eso.

Pero no le engañaba; se le habían ruborizado hasta las gafas.

Quizá era porque estudiar le aburría o porque le había irritado lo que Pedro había dicho, aunque no fuese en serio, pero Aitor comenzó a canturrear. Primero eran tarareos, luego ya usó la letra de su canción favorita de Los SFX. Dios, qué ganas tenía de verlos en directo. Qué injusta la justicia poética y todo eso, aunque no supiera de qué se trataba.

—¿Quieres callarte, por favor? Intento concentrarme.

«¿Cómo no eres capaz de concentrarte con la balada más famosa de Los SFX? Tío, no tienes ningún gusto musical».

—Porque tu versión en mi cabeza es malísima.

Su reacción le animó a seguir incordiándole, como cuando picaba a Aitana con canciones horteras de hace años. No se calló ni en un solo momento. Lo único que Pedro pudo hacer fue suspirar, ni lamentarse ni golpearse la frente contra el libro surtieron efecto. Encendió el ordenador y puso música relajante en los cascos, pero acallar la voz de Aitor, que en alta calidad y sonido envolvente no tenía rival, era difícil.

—Por favor, cuanto antes termine, antes podré jugar con mis amigos —suplicó Pedro en un susurro. Tenía las gafas ladeadas y las manos en el pelo que, por una vez, no estaba perfectamente peinado. Su desesperación alimentaba aún más a Aitor.

«Ah, bueno, si te impido viciarte al juego de friki con tus amigos, entonces… ¡Volando, volandooo! ¡Siempre arribaaa!».

Era la única serie japonesa cuya sintonía Aitor se sabía por la multitud de veces que la echaban, muy temprano, por la televisión. Pedro resopló y lanzó su bolígrafo al otro lado de la mesa. Apretó tanto los puños del enfado que se le quedaron marcadas las uñas. Cuando desvió la mirada de la página que tenía abierta sobre las alergias alimenticias para mirar el móvil, Aitor vislumbró la nota de tres colores. El corazón —el de los dos— le dio un vuelco.

«Espera, ¿tienes TikTok?».

Pedro se aclaró la garganta, algo avergonzado, y se colocó las gafas.

—Sí, bueno, casi no lo uso... ¿Por qué?

«Mi hermana está todo el día metida ahí, pero me tiene bloqueado para que no le cotillee. ¡Mira a ver si ha subido algo en su perfil! Es Aaitaanaaa», dijo con la última palabra retumbando como si fuera un fantasma de dibujos animados intentando asustar a Pedro. El chico arqueó una ceja. «Con muchas aes por todos lados. Anda, porfa, solo quiero ver si está bien».

—¿Y luego me dejarás hacer los deberes en paz?

«Callado como si fuese un fiambre de verdad, te lo prometo».

Pedro suspiró y abrió la aplicación. Evitó a toda costa que Aitor viese su perfil o el historial, pero no se le pasó por alto las búsquedas de «*katsuki bakugo edit*» o «*suzuna cosplay*». Lo único que Aitor buscaba eran vídeos graciosos, así que, por supuesto, no entendió nada.

«Para buscar perfiles no se usa el buscador, hay que darle al botón de la derecha del todo».

Lo dijo solo para fastidiar, sabía que ese era el botón para entrar en el perfil propio. No creía que fuese a colar, pero Pedro pulsó dubitativo con el pulgar al perfil. Aitor ahogó un jadeo de sorpresa, divertido. En el avatar, un dibujo en blanco y negro de un chico a carboncillo con los ojos vacíos. No tenía ningún vídeo subido, pero lo que le interesó fue la biografía —que estaba en inglés, así que solo pilló la edad y el *emoji* del arco iris— y el nombre de usuario. Pedro salió con rapidez y la cara colorada.

«Con que kamaruitadori, ¿eh? ¿Quién es ese?».

—Eres un imbécil —sentenció Pedro, contrariado; Aitor se rio hasta que vio que el chico bloqueó el teléfono.

«Perdón, perdón, ¡era solo una broma! No te pienso volver a sacar el tema, te lo prometo. Pero en serio que necesito saber si mi hermana está bien».

Pedro dudó durante unos segundos. Suspiró, se frotó la cara que quemaba como una vela encendida y volvió a abrir TikTok, esta vez asegurándose de no entrar en su perfil. Buscó a Aitana, equivocándose más de una vez en la cantidad de vocales, y cuando presionó el nombre, Aitor sintió que el alma se le bajaba a los pies y que Pedro la pisoteaba. El perfil era privado, no podía ver nada. Lo único que identificó fue su foto. El corazón le dio otro vuelco.

Sabía que se la tenía que haber cambiado hacía poco porque le cotilleaba el perfil por lo menos una vez a la semana para comprobar si le había desbloqueado. Era una *selfie* que recordaba haberse hecho con su hermana meses atrás, cuando aún no tenía flequillo. Tenían la cara llena de pegatinas de corazones por un filtro y Aitor enseñaba el *piercing* de la lengua. Aitana abrazaba a su hermano por los hombros y reía. Los dos guiñaban el ojo.

En su día, a ambos les pareció una foto tontísima. «Qué *cringe* damos», había dicho Aitana. Pensó que la había borrado, pero ahí estaba, como si le rindiese homenaje a su hermano caído en batalla con *emojis* de corazones en las mejillas.

Pedro sintió que le apretaban la garganta hasta no poder

respirar, en el estómago se le asentaron insectos que le arañaban las paredes mientras revoloteaban, como mariposas enfurecidas. Se miró las manos. ¿Era lo que le temblaba o solo la vista? Tragó saliva, pero le costó.

—Aitor... ¿estás bien?

Le dieron ganas de gritar, de sacudirle los hombros, pero no podía. Pues claro que no estaba bien, en absoluto. ¿Por qué estaban jugando al ordenador, haciendo los deberes y comiendo churros?

Pedro tenía que seguir con su vida, pero Aitor se negaba a dar la suya por vencida.

El chico se inclinó hacia delante con una tos cuando un golpe se le hundió en el estómago. Un puñetazo hacia fuera. Se abrazó a sí mismo, abriendo mucho los ojos.

—¿Qué ha...?

Antes de que pudiera terminar la frase, Aitor saltó y, cuando lo hizo, el cuerpo de Pedro se cayó de la silla. Parpadeó varias veces, todo estuvo negro por unos segundos. Se miró las manos ya no tan temblorosas, las cerró y las abrió unas cuantas veces. Rio en un resoplido.

Aitor le estaba controlando.

«Oye, ¿¡qué acabas de hacer!?», preguntó la voz de Pedro dentro de su cabeza. Aitor se frotó la sien, molesto, y se asustó cuando notó la patilla de las gafas. Ah, coño, claro, que eran miopes. «¡Te dije que te iba a dejar controlarme el martes! No puedes ir por ahí... haciendo lo que quieras».

—Ya, bueno, tío, como comprenderás no voy a esperar tanto tiempo —repuso, arrugando la nariz cuando se escuchó la voz tan profunda—. Enróllate, que solo voy a hacer una cosa.

«¿Cómo que una cosa…?», a Pedro se le notaba tan atemorizado que le hizo gracia. Ni que fuera a saltar del Palacio de la Cibeles por diversión. «Oye, en serio, ¡devuélveme el control ahora mismo!».

—Que solo va a ser un momento, lo prometo —dijo Aitor con una mueca. Miró hacia la mesa y cogió el móvil—. Luego te dejo jugar a la cosa esa de las torretas, pero necesito hablar con alguien.

«Eso llevas diciendo todo el día… ¿puedes cumplir al menos una de tus promesas sin liarla, por favor?».

Ese era el asunto, que Aitor quería cumplir al menos una de ellas; proteger a su hermana. Sabía que hablar con ella no serviría de nada porque no creería a ese desconocido, pero sabía de alguien que sí lo haría.

7

Esquivar a los padres de Pedro era peor que pasar a través de un segurata. Le siguieron hasta la puerta, preguntando si había terminado los deberes y que dónde se suponía que iba a esas horas.

—Es mediodía de un sábado, por Dios, relajaos un poquito que vuestro hijo no se va a ir por ahí a esnifar cocaína —espetó Aitor, tirando del pomo. Vio cómo las mandíbulas de ambos caían hasta el suelo. Pedro se lamentaba, desolado, y Aitor suspiró, compasivo. Forzó una sonrisa que esperaba que fuese amable—. Relajaos, que ya lo he hecho todo y voy a ver a la abuela. ¡Venga, hasta luego!

No se lo pensó antes de salir corriendo y dio gracias a que ese cuerpo estuviera tan bien entrenado, aunque nadie lo diría a simple vista. No quiso mirar hacia atrás cuando corrió hacia el metro, lo último que quería era que unos padres que no eran los suyos le castigasen por respondón.

«No se van a creer que vaya a casa de mi abuela, lo hubiera dicho antes. Van a llamarla y comprobar que no estoy allí...».

—No estás haciendo nada malo, que parece que te hayas escapado de la cárcel.

Le agobiaba tener todo el rato la vocecilla estresada de Pedro en la cabeza. Por primera vez, empatizó con él por haber tenido que escucharle canturrear durante horas. Por lo menos sabía dónde tenía que ir y eso no le iba a distraer. Los fines de semana, sus amigos se pasaban más tiempo sentados frente a El Corte Inglés de Argüelles que en sus casas, en la plazoleta de la iglesia de Nuestra Señora del Buen Suceso. El cura les echaba de allí casi todos los días, pero siempre volvían, como las palomas a por las migas de pan.

Quizá era por la fuerte determinación o porque Pedro estaba siendo flexible con él, pero apenas sentía el tirón del otro queriendo tomar el control del cuerpo. Algún que otro pinchazo a la altura del estómago y migrañas que le duraban un par de segundos. Eso sí, no se callaba, el muy condenado.

«Hacemos lo que sea y volvemos a casa enseguida».

—Que sí, que sí, deja de rayarte tanto.

«Y no hagas ninguna cosa rara, por favor».

—Si no me hablases, no tendría que responder y no parecería un pirado que habla solo en el metro. Otra vez.

Le sonrió mostrando los dientes a una chica que se le había quedado mirando. Esta se giró, fingiendo estar interesada en su móvil. Pedro bufó.

«Vale, pero ¡para ya!».

Por una vez, Aitor hizo caso.

No se equivocó en su suposición: sus cuatro amigos estaban sentados en las escaleras con bolsas del McDonald's. Vestían todos de negro. Ninguno había destacado nunca por tener el estilo más colorido del instituto, pero esa coincidencia era extraña. El ambiente era sombrío, mucho menos animado que cuando Suso y Aitor peleaban por ver quién aguantaba más la respiración o Vir se empeñaba en que Carla les leyese la carta astral a todos, aunque los chicos no quisiesen. El corazón se le desbocaba más con cada paso que daba hacia ellos. El primero en darse cuenta de su presencia fue Alberto, que alzó la mirada con el ceño fruncido y le llamó la atención a Vir con un codazo. Aitor alzó una mano con intenciones de saludarles como siempre —«¿qué pasa, cabrones?», «¿es que no tenéis casa o qué?»—, pero Pedro le detuvo en el último momento.

«Recuerda que no saben que eres Aitor».

Se tensó de hombros a piernas y dejó caer la mano. Claro, sí, ese pequeño impedimento.

—¿Te conocemos? —preguntó Vir con los ojos entrecerrados y la nariz arrugada. No había hostilidad en su rostro, más bien confusión. Notó el pinchazo ofendido de su compañero en el pecho.

—Sí, claro. Soy Pedro. Pedro... —Mierda, seguía sin acordarse de su apellido—. Ese, el de vuestra clase.

«Parra Hernández. No es tan difícil», replicó Pedro, hastiado.

Aitor forzó la sonrisa como pudo, aunque parecía que estaba enseñando los dientes. Sus amigos se miraron entre ellos, arqueando las cejas e, incluso, divertidos. Suso le miraba con curiosidad como si estuviese siendo muy sutil y sabía que Vir se estaba aguantando algún comentario mordaz. La que le sorprendió fue Carla, que dejó su bolsa de comida junto a ella, se alisó la falda al ponerse de pie y dio unos pasos muy tranquilos hasta posarse frente a él. A Aitor siempre le habían intimidado esos ojos tan oscuros, así que se echó hacia atrás cuando le escudriñó con ellos, tan cerca que las narices casi se rozaban. Con las botas de plataforma, era casi tan alta como Pedro. Carla apretó los labios.

—Tú no eres Pedro.

Hubo un silencio de unos segundos, donde ambos chicos en el mismo cuerpo intentaron procesar lo que Carla quería decir. En el caso de Pedro, se asustó muchísimo, como si le hubieran dicho que había suspendido todas las asignaturas del curso. Aitor, en cambio, notó la euforia explotándole en el pecho antes de abrir los brazos y dirigirse a todos. Sabía que su amiga, quien siempre hablaba de que podía escuchar a los muertos y todos esos rollos, podría ayudarle en esos momentos.

—A ver, os lo voy a explicar, ¿vale? Sí, soy Aitor. Vuestro colega de confianza, el mismo. —Comenzó a dar vueltas sobre sí mismo, moviendo los brazos a pesar de que Pedro le implorara que parase—. Ayer el Pedro me paró antes de ir a por las entradas de Los SFX para que hiciéramos un trabajo juntos. Me escaqueé y…

«¡Lo sabía!».

—Que sí, no es el momento. —Aitor hizo un movimiento con la mano como si espantara moscas—. El caso es que se supone que me cayeron kilos de cemento en todo el gepeto y antes de morirme del todo alguien me dijo que tenía una oportunidad de quedarme en la Tierra, así que nada, ahora estoy en el cuerpo del Pedro. Supongo que porque el karma me odia o algo así.

Escuchó al chico murmurar un molesto «gracias», pero Aitor estaba más atento a la reacción de sus amigos. Todos mantenían la boca abierta en un gesto de terror, ninguno de ellos parpadeaba. Aitor se giró hacia Carla en busca de ayuda. La chica parpadeó varias veces y era la primera vez que la veía adoptar una expresión que no fuese de eterno aburrimiento.

—Me... me refería a que creía que eras Fernando, el de la clase C.

Aitor dejó caer los hombros con el rostro contraído. Pedro no dejaba de reprenderle esa idiotez. Vir y Alberto se pusieron de pie, Suso se encogió aún más sobre sí mismo.

—¿Qué coño nos estás diciendo, tarado? —preguntó Vir, enfadada.

—Te ha salido mal la broma, chaval —amenazó Alberto echando chispas por los ojos y crujiéndose los nudillos.

Aitor sabía que, por mucho músculo que tuviese Pedro, no podría aguantar un puñetazo de un Alberto cabreado. Tragó saliva y levantó las manos.

—A ver, a ver, calma. ¡Puedo demostraros que soy Aitor!

«Por favor, no quiero ir a clase con un ojo morado. ¡Déjalo ya!».

Pero no pensaba rendirse. Vale, a lo mejor Carla no era tan médium como decía ser, pero seguro que, si le mostraba lo suficiente, acabaría convencida. A su amiga le gustaban demasiado esos asuntos como para ignorarlos. Aitor señaló a Vir mientras se seguían acercando y esta se paró en seco.

—Tú te quisiste enrollar conmigo en primero de bachillerato, cuando te cogiste un pedo descomunal en las ferias de Aranjuez. Me dijiste que no se lo contase a nadie y acabaste potando en el Jardín de la Isla —dijo ante la mirada horrorizada de la chica. Luego se giró hacia Suso y este dio un salto del susto—. Una vez encontré tu *casting* de *Master-Chef Junior* en YouTube, me hiciste jurar que no se lo enviaría a nadie porque te echaste a llorar de la emoción cuando viste a Jordi Cruz y me estuve riendo una semana. Te llamaba «león comegamba» por WhatsApp.

Se sentía como si estuviese cazando conejos asustados que se hacían los muertos cada vez que disparaba. Vir y Suso se encogieron. Carla abrió mucho los ojos cuando Aitor la señaló.

—Tú eres rubia natural. Una vez fui a tu casa antes de tiempo y te estabas retocando las raíces. Yo qué sé por qué te da tanta vergüenza que la gente lo sepa, si no es para tanto. Ya me jodería preocuparme por eso, Carla. Y tú... —Miró a Alberto, que levantó una ceja con la mandíbula apretada. Aitor siseó, encogiendo los hombros—. A ti no te conozco tanto y no quiero que me metas una hostia, así que no voy a decir nada.

Esperaba que el despliegue de información le sirviese de puente para que sus amigos confiaran en él y no para quemarlo del todo. Pedro tenía ganas de taparse la cara con ambas manos, pero Aitor las apretó en puños. Sus amigos se giraron los unos a los otros, como si hicieran un consenso en silencio. Como todas las veces que un chavalín se les acercaba para que le comprasen alcohol o tabaco porque ellos parecían mayores.

—A lo mejor sí que es Aitor, después de todo —susurró Carla con la boca muy pequeña y el chico sonrió de oreja a oreja.

—¡Esa es mi médium!

—¿Qué médium ni qué niño muerto? Nunca mejor dicho —les interrumpió Vir, que se acercó a Carla y le pinchó el pecho con el dedo acusador varias veces—. Tanto que sabías de estas cosas y no has visto venir esto.

—No, pero tiene sentido. Si Aitor quisiera aferrarse a la vida, y sabemos que sí, porque es un cabezota... —Aitor arrugó la nariz y Carla puso los ojos en blanco antes de seguir—. Lo más probable es que haya tomado otra salida en el limbo. El ectoplasma va perdiendo fuerza con el tiempo, así que si se usa como transmisor nada más morir... puede haberse ligado a la última persona con la que tuvo una conexión, en este caso Pedro, si tuvo una conversación con él.

—Claro, eso mismo —dijo Aitor alegremente, aunque no pilló la mitad de lo que dijo. Pensó demasiado tarde en una palabra que había mencionado y frunció el ceño—. Espera... ¿Crees que ya estoy muerto?

—Si sigues aquí, no. —Carla apretó los labios. Uy, ese gesto no era buena señal—. Pero tampoco estás vivo. No estás en tu propio cuerpo para luchar contra el coma, así que vas a necesitar muchísima fuerza de voluntad.

—Bueno, lo de que tengo que volver a mi cuerpo ya lo sabía, Carla. Es un poco obvio, ¿no?

Carla frunció el ceño, no muy contenta por la corrección. Aitor le ofreció una de sus sonrisas pícaras y divertidas que no sabía qué tal funcionaría en el rostro de Pedro.

—Sí, pero desconoces tu estado actual porque no estás… *contigo*, así que volver ahí podría significar la muerte instantánea de cuerpo y alma.

Pedro se quedó perplejo. Ambos sintieron que toda la sangre se les congeló. Las emociones combinadas no eran la sensación más agradable. Antes de que pudiera preguntar algo, Alberto se adelantó con un bufido de toro enfadado.

—Un momento… ¿Se os está yendo la cabeza? ¿De verdad pensáis que este tío es Aitor?

Al chico no le dio tiempo de sentirse ofendido antes de que Vir le diera un codazo amistoso a Alberto y se cruzara de brazos.

—A ver, parece algo que haría Aitor, eso desde luego…

Le sonrió de lado con los labios muy pequeños y Aitor le correspondió con una más ancha. Conocía esa expresión, la ponía siempre que pretendía hacerse la dura si estaba muy contenta por algo, pero no quería que los demás lo supieran. Borraron la sonrisa cuando, por fin, Suso se acercó a ellos con determinación, sin apartar la vista de Aitor. Era de las pocas veces que no tenía que mirar hacia arriba para enfrentarse a él. Se le secó la garganta, Pedro preguntaba entre susurros qué estaba pasando. Suso entrecerró los ojos.

—¿Crees que mi plato estaba bien? El que presenté al *casting*.

Aitor parpadeó varias veces y resopló, divertido.

—Hasta los perros saben hacer un plato de macarrones duros con mayonesa y limón y seguro que ni ellos se lo comerían.

Suso se quedó en silencio unos segundos, sin moverse, solo mirándole. Pedro comenzó a sentirse incómodo. A su amigo le brillaron los ojos como si fuese a echarse a llorar y abrió los brazos para ahogar a Aitor en un achuchón que le hizo toser.

—¡Te hemos echado de menos, idiota!

A Suso se le unieron unas emocionadas Carla y Vir. Aitor rio entre dientes con suavidad antes de corresponderles. Alberto suspiró, irritado.

—A la mierda —murmuró antes de acercarse para darles unas palmadas en la espalda y darse por satisfecho con el abrazo grupal. Aitor supo que ese gesto ya había sido mucho para él.

También que el calor de su pecho no era solo cosa suya.

—Ahora dadme una de vuestras hamburguesas, cabrones, que me estoy muriendo de hambre —dijo Aitor, separándose del grupo y lamiéndose los labios mientras robaba comida de una de las bolsas. Por la nariz arrugada de Vir, supo que se lo había cogido a ella. Pedro resopló.

«¡No te pases con eso! ¿Sabes la de basura que lleva una hamburguesa de esas? Es solo plástico. Además, ¡hemos comido churros hace nada!».

—Tío, ¿a eso le llamas churros? Si parecían cagadas de peces de lo finos que eran —replicó Aitor antes de darle un mordisco a la hamburguesa. Gimió de placer de forma exagerada—. Y me da igual que efto fea pláftico. ¡Eftá que te cagaf!

—¿Con quién estás hablando? —preguntó Suso, girando la cara y alejándose de él como si se hubiera arrepentido por un segundo de haber vuelto a aceptar a ese chico en el grupo. Aitor tragó antes de responder.

—Con Pedro, que es un pesado.

—¿Pedro, el chico de tu cuerpo? ¿También está aquí? —preguntó Carla, mirando a su alrededor emocionada y haciendo que la coleta se le moviera de un lado a otro.

«Ya era hora de que alguien preguntara por mí...».

Aitor se humedeció los labios para ocultar la sonrisa divertida, pero era difícil que le siguiera haciendo gracia cuando notaba el pinchazo dolido del otro chico. Aitor se dio varios golpes en la sien como si llamara a una puerta.

—Sí, Pedro sigue aquí, tocando los huevos. En realidad, algunas veces es él quien está fuera y otras veces soy yo. ¿Tiene sentido?

«Lo que no tiene sentido es que lo digas como si fuese la norma, cuando tú no deberías ni estar controlándome ahora mismo...».

Aitor notó un golpe intenso en el estómago y se inclinó hacia delante, frotándose la barriga con fastidio. Pedro estaba peleando por salir otra vez. El chico tosió y fingió que la hamburguesa se le había ido por mal sitio.

—Pedro, si estás ahí, que sepas que te mereces una medalla por soportar a semejante energúmeno —bromeó Vir con una sonrisa de coyote y Pedro rio, pero Aitor frunció el ceño.

—¡Oye!

«Qué chica más maja».

—Espera, ¿entonces solo puedes estar un ratito con nosotros? —preguntó Suso con mirada de cachorrito triste. La ternura no venía de Aitor, porque este ya estaba acostumbrado a su amigo, así que le hizo gracia que Pedro se sintiese así—. Vendimos las entradas de Los SFX por lo que te pasó, habíamos quedado para lamentarnos y todo eso… ¡Pero ahora podemos irnos de fiesta una última vez contigo!

Aitor esbozó una mueca, aunque tenía que decir que el hecho de que sus amigos hubieran dejado a un lado un concierto de Los SFX por él, sobre todo con lo obsesionado que estaba Alberto… le parecía un gesto dulce.

Joder, cómo quería a esos imbéciles.

—No digas lo de la última vez, que da mal rollo —se quejó Aitor y Suso se encogió sobre sí mismo, avergonzado—, pero me apunto a lo de la fiesta. ¡Hay que celebrar que sigo vivo, gente!

Sus amigos se unieron enseguida a su entusiasmo. Incluso Alberto sonrió y descruzó los brazos. El único que no estaba contento era Pedro, que empezó a golpear las paredes de su cuerpo hasta que Aitor tuvo que agarrarse a uno de sus amigos, siseando de dolor.

«¡Ni en broma! ¡Esto sí que no! Aitor, dame mi cuerpo ahora mismo, no pienso dejar que me emborraches», más que enfadado y autoritario, Pedro sonaba ansioso. Sus amigos se agacharon junto a Aitor, preocupados. «Ya hemos hecho lo que tú querías, les hemos contado a tus amigos lo que te pasa… ¡Ahora volvamos a casa!».

—Solo un ratito, anda… —susurró Aitor, débil, porque sabía que no podría aguantar mucho más tiempo si Pedro seguía así. Volvería al asiento del simulador muy pronto. Pestañeó sorprendido cuando Vir le cogió de las mejillas con una mano y le hizo mirarle a la cara.

—Es Pedro, ¿no? Que no quiere —dijo clavando la mirada en sus ojos, pero no dejó que su amigo respondiese. La chica suavizó el gesto y ladeó la cabeza—. Venga, Pedro, tronco, enróllate… que hace media hora pensábamos que habíamos perdido a nuestro mejor amigo.

—Déjanos celebrarlo, solo será un ratito —pidió Suso, uniéndose con un puchero. Pedro dejó de golpear tan fuerte. Alberto fue el último en meterse en la periferia de su visión.

—Además, no voy a dejar que Aitor beba. Es muy temprano, solo vamos a tomar algo. Ya se nos ha muerto una vez, no quiero que se nos muera en el cuerpo de otro.

—¡Que no estoy muerto! —replicó Aitor, molesto, pero esas últimas palabras parecieron calmar a Pedro del todo. Se irguió, aliviado de no tener que soportar más punzadas de dolor, y sonrió al escuchar el suspiro derrotado del chico dentro de su cabeza—. Dice que sí. O bueno, no lo ha dicho, pero lo intuyo.

Sus amigos volvieron a vitorear y esta vez apretaron más a Aitor en el abrazo colectivo. Intentó zafarse, mientras ellos declaraban que Pedro era el mejor, un campeón, buena gente, qué ganas de conocerle mejor cuando no estuviese el tonto de su amigo controlando su cuerpo.

El sonrojo y la calidez que le envolvieron el cuerpo no tenían nada que ver con Aitor.

8

Tenían que ser realistas. Aunque fuese sábado, no había muchos bares, de los que les gustaban, en Argüelles abiertos a esas horas. Pero una cervecita en El Secreto de Kipling entraba, con música pop española y guitarras decorativas colgadas por todos lados.

La cerveza le supo más amarga y no sabía si tenía que ver con las papilas gustativas tan poco acostumbradas de Pedro, y eso que era una sin alcohol. Le agobiaba el ruido y la gente a su alrededor, le costaba respirar. Aitor se frotó el pecho más de una vez como si eso fuera a calmarle.

—Venga, vamos a brindar —dijo Vir con una sonrisa amplia, alzando su copa—. ¡Por Pedro y Aitor!

Los demás se unieron enseguida, pero Aitor ni siquiera le dio un sorbo a la bebida que ahora le sabía a meado. Se mordió los labios y se giró hacia su amiga.

—Oye, ¿sabéis algo de Aitana?

Vir le evitó la mirada, jugando con una de las servilletas que siempre plegaban de forma que el «gracias por su visita» quedara convertido en un «gracias puta». Suso fue quien respondió.

—A ver, anoche fuimos a la cafetería y llevaba cerrada todo el día. Esta mañana igual. Supongo que seguirán contigo en el hospital. Con tu cuerpo, digo.

—¿Ninguno ha hablado con mi hermana? ¿No le habéis escrito o algo? —preguntó Aitor entre enojado y decepcionado. Vir chasqueó la lengua y desbloqueó la pantalla de su móvil.

—Pues claro, tío, ¿por quién nos tomas? —espetó, irritada. Le enseñó el historial de las diez llamadas perdidas que tenía con su hermana, luego abrió WhatsApp—. No hubo forma de que me cogiese el teléfono y en la habitación no nos dejaron entrar, así que solo me respondió esto.

Aitor se inclinó, aguantando la respiración, el corazón le dio un vuelco con la pantalla llena de mensajes verdes y de pronto un «qando sepa algo t lo digo».

—Esta niña siempre ha sido una borde —murmuró Aitor, pero le preocupaba la falta de comunicación. En realidad, Aitana no era tan borde, solo con él.

—No te preocupes, el lunes hablamos con ella. Ya verás cómo se encuentra mejor —prometió Suso con una sonrisa alegre, optimista, pero Aitor no estaba tan seguro.

Por desgracia, su hermana le estaría dando demasiadas vueltas a lo que pasó con sus padres. Y no la culpaba por ello.

El estado de ánimo de Aitor cayó hasta el subsuelo. Sí, estaba bien poder pasar un rato con sus amigos, pero a lo mejor esa era de las últimas veces que pudiera estar con ellos, ¿y de qué le servía tomarse una cerveza si no podía hablar con su hermana? ¿Si no le podía decir que todo iba a salir bien?

El nudo en la garganta le apretó tanto que carraspeó para que no se notase que estaba a punto de llorar. Pedro se había callado por completo, como si ya no estuviese allí con él. Lo agradeció; no creía que pudiera decirle nada que le animase.

—¿Y cómo es eso de morirse? —preguntó Alberto antes de beber de nuevo y fue obvio que Vir le dio una patada por debajo de la mesa, pero tanto a Aitor como a él les dio igual.

—Un coñazo, la verdad. No noté nada, solo sé que todo se quedó negro, hablé con alguien y desperté en el cuerpo de Pedro.

—¿Hablaste con alguien? —preguntó Carla, inclinándose en la mesa muy interesada. Aitor se encogió de hombros.

—Sí, pero no me acuerdo de mucho. Tampoco veía nada, así que...

Aitor comenzó a toser, se agarró la garganta. Sus amigos le miraban entre la incredulidad —probablemente creyesen que se trataba de una broma— y la inquietud —¿pensarían que estaba a punto de palmarla delante de ellos?—. No entendía por qué de pronto se le quería salir el corazón por la boca. Un escalofrío le heló la espalda y le sudaban las manos. Lo primero que pensó fue que al cuerpo de Pedro le estaba dando un infarto por tener que soportar dos almas en lugar de una sola, entonces los ojos se le fueron solos a la entrada del bar. Un grupo de cuatro chavales, no mucho mayores que ellos, entró en el local. Vestían chaquetas vaqueras de cuero falso negro y con parches; Aitor muchas veces había querido comprarse una así, pero nunca le llegaba el dinero. Dos de ellos llevaban colgados a la espalda instrumentos metidos en su funda. El de la derecha rio con unos dientes perfectos de quien se los había arreglado con aparato y empujó al otro. Tenía el pelo teñido de rubio y peinado para atrás, las facciones marcadas, pero delgadas y un bigote peinado junto a una perillita de una forma que Aitor solía decir que era de «estrella del porno», pero lo cierto era que lo decía por pura envidia. Ojalá él pudiera dejarse crecer más de cuatro pelos mal puestos.

Por un segundo se preguntó… ¿Quién cojones era ese tío? ¿Le conocía de algo? Entonces cayó en la cuenta de que era Pedro quien estaba sintiendo todas esas cosas.

Oh…

«Deja de mirarlo, por favor, no estás siendo nada discreto».

—Pero si eres tú el que me ha hecho mirar —respondió Aitor con la nariz arrugada y sus amigos le miraron sin comprender.

—¿El qué te hemos hecho mirar? —preguntó Vir, girándose con curiosidad. El chico hizo unos aspavientos con la mano.

—Ah, no, estoy hablando con Pedro. Está rarísimo. —No pudo contener la sonrisa pícara y, antes de que mencionara nada, Pedro ya sabía lo que iba a decir—. Ese es Germán y su grupo de música, ¿verdad? Mira que es casualidad…

«Por favor, Aitor, cállate, cállate… ¡Cállate!».

—¿Germán quién? —preguntó Suso, ladeando la cabeza como un perro. Aitor intentó restarle importancia con un encogimiento de hombros.

—Ah, nada, un tío que conoce la familia de Pedro. Creo que voy a ir a saludarle…

«¿¡Qué dices!? ¿Qué vas a hacer? ¡Ni se te ocurra!».

Como la gran mayoría de los actos de Aitor, esa idea fue puro impulso. Una vez robó una botella de alcohol de la zona *gourmet* de El Corte Inglés; en otra ocasión intentó ligar con la prima de Carla en su fiesta de cumpleaños. Pensó que podía tener un buen gesto con Pedro; el chaval no iba a hablar ni de coña con su *crush*, a no ser que llevase un letrero de «chico no hetero disponible» en la cabeza. Bueno, ni aun así lo haría. A lo mejor, si conseguía interactuar con Germán, Pedro se suavizaría y le dejaría salir más veces... En concreto, el lunes, cuando se encontrase a Aitana por los pasillos del instituto. Se levantó, sus amigos empezaron a silbarle y les hizo un corte de mangas.

«Te lo digo en serio, Aitor, ya basta».

—Que no va a pasar nada, hombre, te estoy haciendo un favor —susurró. Se miró en el reflejo del cristal para peinarse el pelo ondulado y rubio con los dedos. Se alisó el polo con una mueca y luego se quitó las gafas para comprobar si estaba más guapo así, pero el mundo entero se emborronó a su alrededor. Bufó y se las volvió a colocar. Vale, de momento, nada de transformación en protagonista de una película de comedia de principios de siglo—. Escucha, vamos a hacer buen uso de nuestros poderes, ¿no? Ya que los tenemos. Tú eres un cagado, pero listo, a mí se me da bien conocer a gente nueva, pero soy... yo qué sé, un zoquete. Combinamos nuestras mentes a la perfección.

Pedro se quejó entre dientes sin llegar a vocalizar. Pensó que se había rendido a la idea, así que Aitor avanzó hacia la mesa de Germán y sus amigos con el pecho henchido y sonrisa confiada.

Sin embargo, un puñetazo a la altura de la boca del estómago le hizo retroceder con una tos que le hizo doblar las rodillas. No era uno de verdad, claro, era lo que sentía cuando Pedro intentaba tomar el control. Alguien le posó una mano en el hombro y le hizo levantar la cabeza. Cuando vio la perilla de estrella porno delante de él, Pedro dio saltos nerviosos dentro del esternón.

—Tío, ¿estás bien?

Miró de reojo cómo toda la mesa de músicos le observaban, cautelosos. Pedro emitió un gemido quejumbroso, Aitor rio entre dientes mientras se erguía, dándole dos palmadas en el brazo a Germán.

—¡Claro que sí! Es la cerveza de este sitio, que mete un pelotazo... —se excusó entre risas, pero Pedro le gritaba desesperado que qué decía, que él no bebía, así que carraspeó—. Aunque yo no tomo de eso, así que debe ser... yo qué sé, ¿el olor?

Era difícil concentrarse con Pedro lloriqueándole cada dos segundos sobre que cerrase el pico, su carismático encanto de pillo no estaba reluciendo —aunque quizá era algo que solo funcionaba con el rostro de Aitor, quién sabía—. Germán frunció el ceño y rio entre dientes, algo nervioso. Antes de que hiciera el amago de volver a su mesa, Aitor apoyó todo el peso sobre una pierna, una mano en la cintura y le señaló con la otra.

—Oye, vosotros tocasteis hace poco en un local de Malasaña, ¿no?

Germán se irguió, más alto que Pedro. Se notó que le gustaba que le reconociesen, porque de pronto todo el rostro se le transformó. Alzó la barbilla con una sonrisa orgullosa, pero dulce, el bigote se la enmarcaba aún más. A Aitor —o, mejor dicho, a Pedro— se le olvidó cómo respirar unos segundos.

—Nos movemos mucho por allí, sí. Hemos tocado en Malasaña unas cuantas veces este mes...

—Pues me encantó, que lo sepas. Así rollito... —Movió las manos y se quedó callado. No tenía ni puta idea de qué tocaba el grupo de Germán, por las pintas supuso que *indie*, pero no quería fastidiarla. Pedro mascullaba cosas, pero no le ayudaba. Era como si hubiera decidido no ser partícipe de esa escena de ninguna manera—. Eh... diría que... ¿Alternativo?

—La gente no sabe en qué género ponernos, pasa mucho —aseguró Germán, asintiendo con la cabeza e intentando que no se le notase emocionado, pero a Aitor no le pasó desapercibido—. Algunos dicen que nos parecemos a Los SFX...

—Ni de coña —le interrumpió Aitor. Germán le miró arrugando el entrecejo, así que se apresuró a arreglarlo—. ¡Me flipa ese grupo! ¿Cómo no os he conocido antes? ¿Tocáis mucho por aquí? Buah, os tengo que buscar en Internet.

—Si quieres, dame tu número y te aviso cuando vayamos a dar nuestro próximo concierto.

Aitor alzó las cejas al mismo tiempo que Germán sonrió de lado. Nunca le había flirteado un chico, y mucho menos al revés, así que no sabía muy bien con qué intenciones lo estaba preguntando, pero por el corazón de Pedro yendo a mil por hora supuso que estaba yendo bien. ¡Lo había conseguido! Iba a tener el número de Germán, ya podría Pedro darle las gracias y besarle los pies durante un mes.

Solo había un problema: no se sabía el número de Pedro, tampoco sabía la contraseña para desbloquear el móvil. Pedro no estaba por la labor, farfullaba con incredulidad que Germán tenía que estar riéndose de él. No podía preguntárselo en voz alta, quedaría raro. Aitor decidió ignorarlo y, en otro de sus impulsos, recordó algo.

—Mira, es que me cuesta darle el número a desconocidos... ¡Pero eh, agrégame a TikTok! Soy... eh... kamaruitadori, con K. Sí, eso.

«No... nonononono. ¡No! Pero... ¿¡Qué estás haciendo!?».

—Curioso nombre —rio con suavidad Germán, sacándose el móvil del bolsillo. A Aitor no le parecía que se estuviese riendo de él, solo que obviamente el nombre era divertido. ¿Por qué se rayaba tanto Pedro?—. Yo soy voidcoremusic01, para que no te asustes si ves un mensaje mío. Ahí subo trozos de mis canciones, por si te interesa.

—De puta madre, te...

Pero no pudo decir nada más. Todo lo que le salió de la boca fue una arcada, entonces toses. Pedro volvió a dar patadas en el estómago con más fuerza que nunca, Aitor se agarró a Germán para no caerse. La visión le palpitaba y el bar estaba borroso. Sentía las piernas débiles.

—¿En serio que estás bien?

Aitor no pudo contestar por mucho que abriese y cerrase la boca varias veces. Con un tirón en la espalda, su alma volvió al asiento con la barra de seguridad aún más apretada que antes. Bueno, claro que no había barra, pero la opresión alrededor de todo su cuerpo le hizo sentir así.

Pedro pestañeó varias veces, confuso, e intentó recuperar

el equilibrio. Cuando vio que estaba apretando la chaqueta de Germán con fuerza, la soltó y dio un paso hacia atrás como si quemase. Comenzó a hipar, con el cuello, las mejillas y las orejas ardiendo. Aitor, desde detrás y aún mareado, intentó recomponerse.

—Y-yo… pues… ah…

Pedro no fue capaz de decir nada más, la mirada pasmada y verde de Germán hizo que se sintiese aún más rarito de lo que la gente decía que era. No se podía creer que estuviera tan cerca del chico. Había fantaseado tantas veces con tener una cita con él y reírse juntos de alguna broma mutua. Todo eso sin que le sudasen las manos como dos cascadas en los dedos.

Aitor no comprendía de qué tenía Pedro tanto miedo, pero experimentarlo como lo estaba haciendo le hizo querer salir corriendo del local sin mirar atrás. Y eso es lo que hizo Pedro.

Ignoró la voz de Germán y la de los amigos de Aitor llamándole. Corrió, corrió y corrió, los pulmones le quemaban con cada bocanada de aire, notaba los latidos amplificados en las sienes y veía los rostros de la gente de su alrededor borrosos. De pronto no existía nadie más. Solo la mano invisible que le apretaba la garganta y la sensación de que todas las figuras se iban a girar al mismo tiempo para señalarle y juzgarle en silencio.

Dobló una esquina y, cuando estuvo en una calle estrecha y menos abarrotada, apoyó la espalda en la pared con violencia y cerró los ojos. Se frotó la cara apartándose las gafas con brusquedad e intentó recuperar la respiración. A Aitor le abrumaba tanto la cantidad de emociones y pensamientos que cruzaban con rapidez la cabeza de Pedro, solapándose unos por encima de otros, que no fue capaz de decir nada. Se sentía como en el medio de una estación de metro con una cantidad de andenes imposibles y múltiples trenes pasando de largo al mismo tiempo sin chocarse por tan solo un centímetro. Y Aitor en el andén del medio, gritando entre todo el ruido del viento cortándose y el metal chirriando.

—¿Por qué... has hecho eso...?

Lo preguntó en un hilillo de voz y Aitor, por una vez, se tomó unos segundos para contestar.

«No sé, tío, no lo veía para tanto... Estaba yendo bien, ¿no?».

—Yo no te he pedido que hagas nada —espetó con una rabia inusitada en la voz. Dejó caer las manos y abrió los ojos. Aguantaba las lágrimas calientes para que no resbalasen por las mejillas—. Te has metido donde no te llaman, has hecho lo que te ha dado la gana conmigo y encima... ¡Encima le has dicho...! Eres lo peor.

«Joder, Pedro, no se ha muerto nadie, que el Germán te ha pedido el móvil y todo».

—¡Mira, déjalo, es que no lo entiendes! —gritó Pedro, desesperado. Una madre y su hijo dieron un bote en la acera de enfrente, pero, tan vergonzoso y fino como era, le dio igual—. ¡Que no eres quién para decidir qué hacer y qué no conmigo! ¡Estás metiéndote en mi vida y no piensas nada más que en ti mismo! No vuelvas a hablarme.

«Pero ¿cómo no voy a...?».

—¡Que te he dicho que no me hables! —Pedro sorbió por la nariz, estaba haciendo lo imposible por no llorar. Aitor intuyo que se sentía estúpido porque le viese así—. Me da igual que estés dentro de mí, no quiero volver a saber nada. No eres mi problema, así que a partir de ahora te las apañas como puedas.

Aitor se quedó perplejo, no entendía qué significaba eso. ¿Cómo no iba a poder hablarle? ¿Qué iba a hacer, si no? Sabía por el dolor en el pecho de Pedro que iba muy en serio. Estaba muy enfadado, dolido, agitado.

Aitor calló, absorbiendo todos los sentimientos de Pedro, ansioso por no poder volver a decir nada más, y por primera vez en días sintió que, de alguna forma, ahí había muerto.

9

La abuela Herminia les había dicho a los padres de Pedro que, efectivamente, había estado en su casa. Cosa que, por supuesto, era mentira, pero ella había decidido encubrir a su nieto. Por desgracia, uno de sus tíos también había ido ese día y le preguntaron si había visto a Pedro. Así que el castigo, aunque no fue muy duro —no le dejaron coger el ordenador en lo que quedaba de fin de semana si no era para estudiar—, le pareció injusto a Aitor. No le gustaba que le afectasen tanto las miradas de decepción de esas personas. ¿Por qué se ponían así con Pedro? ¡No había hecho nada! Literalmente el chico no había hecho nada, había sido Aitor el que lo manejaba, y tampoco consideraba haber ido a otro sitio que no fuese la casa de su abuela fuera como para que se cabreasen tanto.

El que sí que estaba enfadado era Pedro, claro. Lo supo por los cincuenta pensamientos que le dedicó a Aitor. En todos le mandaba a la mierda sin mencionar eso último, porque Pedro no se podía permitir decir palabrotas ni en la privacidad —ahora no tanta— de sus propios pensamientos.

El sábado y el domingo los aprovechó para adelantar trabajos; Aitor pensó que, como siguiese así, iba a llegar a tercero de carrera antes de tiempo. Al principio, no dijo nada. Por respeto. Al cabo de unas horas, se le hizo imposible. ¿Cómo iba a no decir ni una sola palabra? ¡Se iba a volver loco! Y, por ende, a Pedro se le iba a ir la cabeza, así que en realidad estaba haciendo un favor a los dos, ¿verdad?

«Deberías descansar un poco», dijo Aitor el sábado por la noche; Pedro se sobresaltó. Por lo menos sabía que aún le escuchaba. «No es bueno estudiar tanto, tío. ¿Nunca has leído eso de que retienes mejor durmiendo? Pues por eso me echo yo tantas siestas entre ejercicios...».

Esperaba arrancarle un bufido divertido o irritado, pero no obtuvo respuesta alguna.

Era definitivo: Aitor iba a convertirse en el espíritu más aburrido y amargado de la historia.

Gracias a Dios, a eso de las diez de la noche paró. Cenó un par de frutas que no saciaron el apetito de Aitor para nada —y estaba seguro de que el de Pedro tampoco—, se puso el pijama sin mirar hacia debajo y se tumbó en la cama con un manga. Aitor agradeció que el cómic estuviese en español y no en japonés, porque con ese chico nunca se podía estar seguro. Al fin y al cabo, se había pasado media hora mirando una página en ruso para sus deberes. Si entendía o no los caracteres, eso Aitor ya lo desconocía.

Al principio, Aitor quiso arrancarse los ojos por el cansancio y el muermo. Le pesaba leer de derecha a izquierda y en blanco y negro. Pero como no le quedaba otra, se acabó enganchando a la historia. ¿Un chaval con una espada matademonios que tenía que proteger a su hermana pequeña? ¿Y encima su hermana era una demonio con un poder tocho? Aitor quería más de esa mierda. Cuando Pedro pasó de página antes de que él hubiera terminado de leer, ahogó un jadeo.

«¡Espera, echa para atrás, que no he terminado!».

El chico suspiró, hastiado, pero volvió a la página anterior sin responderle. Podía sentir una mezcla de asombro y orgullo que provenía de él.

Pedro seguía sin hablarle, pero esperaba para continuar la lectura hasta que Aitor susurraba un «ya».

Al día siguiente, por lo menos, Pedro salió a correr por la mañana después de tomarse sus pastillas. Que no era una actividad que le entusiasmase mucho a Aitor, pero así les daba el aire. Veían perritos siendo paseados por el parque y ambos pensaron lo mismo: qué ganas de acercarse y acariciarlo. Solo que Aitor lo hubiese hecho y Pedro pasaba de largo.

Era frustrante, pero claro, no iba a intentar tomar el control del cuerpo solo para acariciar a un beagle, por mucho que mereciese la pena. No iba a arriesgar otro enfado de Pedro en el que se sintiese más ignorado que cuando les dijo a sus profesores que no podía hacer los exámenes finales porque había pillado mononucleosis —y lo peor es que era verdad, las otras veces no, ¡pero esa sí!—.

Por suerte, su relación avanzó durante la hora del almuerzo. Su padre había comprado pollo asado y almorzaron los tres juntos en el comedor. Aitor consideraba que una familia era rica cuando tenían habitaciones distintas para la cocina, el comedor y el salón. Ninguno hablaba, no se miraban a los ojos. El padre le preguntó a Pedro cómo llevaba los deberes, la madre le pidió al hombre que le alcanzase la sal y eso fue todo. Dentro de su cabeza, Aitor bufó.

«Joder, esta situación es más tensa que Doraemon en un control de aduanas».

Pedro empezó a reírse, se atragantó con un trozo de pechuga y transformó su voz en tos mientras se golpeaba la barriga para que sus padres no sospechasen. Aun así, se llevó unas miradas afiladas.

Aitor se puso muy contento de haberle hecho reaccionar. Esa noche, no hubo lectura y se lamentó en silencio porque quería saber qué pasaba con la trama de los guerreros que eran espíritus del bosque o algo así, pero le picó la curiosidad cuando Pedro enchufó los auriculares en su móvil.

Buscó en Spotify —le impresionaba que ese cacharro tirase más de dos aplicaciones instaladas— unas canciones que Aitor desconocía. Abismo de madrugada, se llamaban el grupo. No tenía más de mil reproducciones en cada una de sus canciones e identificó a Germán en la foto del único disco que tenían. Aitor jadeó por la sorpresa.

«¡Coño! ¿Este es el grupo de tu *crush*? No tiene mala pinta... Unos nombres un poco raretes, pero como Los SFX».

Pedro no respondió, pero era evidente que el tema le irritaba, porque sintió un cosquilleo desagradable a la altura del pecho. Aitor decidió no mencionar más el tema del *crush* por el momento. Algún día tendría que perdonarle, ¿no?

Reprodujo la canción y se tumbó en la cama, con los ojos hacia el techo y la mirada en el infinito. La guitarra y el bajo eran profundos, sonoros, tenían fuerza, pero la voz era suave, arrullando a los oyentes. Una nana melancólica. Hablaba de estar perdido nada más nacer, de no encontrarse, aunque la vida tuviera cien décadas. Tener una maldición, ser un punto muerto y, aun así, lo decía de tal forma que Aitor, en vez de desesperanzado, se sentía escuchado.

Ya no estaba tan solo si un grupo de personas que no conocía eran capaces de ponerle palabras a lo que le atormentaba por las noches.

Pedro se aclaró la garganta y, con disimulo, como si Aitor no pudiera verle, se frotó los ojos con la muñeca. No sabía si las ganas de llorar eran del uno, del otro o de los dos.

«La canción está muy chula», susurró Aitor porque necesitaba decirle algo para darle a entender que estaba allí, con él. Por suerte o por desgracia. Que comprendía que estaba intentando comunicarse en un nivel en el que no era capaz de hacerlo. Pedro murmulló algo ininteligible como respuesta. Cuando se terminó, volvió a ponerla desde el principio, pero a Aitor no le importó.

A los pocos bucles, cayeron en redondo. Habían sido unas noches complicadas en las que no era posible callar dos mentes al mismo tiempo para relajarse. Esa vez, consiguieron compenetrarse. Aunque fuera para hacer algo tan sencillo como dormir.

No eran capaces de soñar, pero de alguna forma compenetraron sus últimos pensamientos con guitarras y bloques de cemento cayendo a sus pies.

Por fin era lunes. Aitor pensó en esa frase con un entusiasmo insólito nunca visto en él. Por fin era lunes, por fin irían al instituto.

Y por fin volvería a ver a Aitana.

«Oye, al final no te pedí perdón por lo de Germán», dijo Aitor mientras Pedro desayunaba unos trozos de fruta y, aunque apretó los labios cuando mencionó al músico, decidió seguir hablando. «Perdona. De verdad que solo quería ayudar, pero a veces se me va la pinza. Tenías razón, solo pienso en lo que yo haría y no lo que los demás necesitan».

Pedro se limpió la boca con una servilleta, cogió la mochila y se despidió de su padre sin mirarle. Cuando le respondió, lo hizo en la calle y en un susurro.

—No te preocupes, iba a asegurarme del estado de tu hermana de todas formas.

Lo dijo en un tono cortante y Aitor rio, intentando no sonar culpable. Vaya. Qué pronto le había pillado las intenciones.

«Gracias, tío, pero entonces ¿me perdonas?»

Pedro suspiró con su voz profunda de toro malherido y siguió caminando hasta el metro.

Estaba claro que no.

Cuando llegaron al instituto, Aitor mantuvo todos los sentidos que le permitía su cárcel humana en alerta. Agradeció que Pedro mirase a su alrededor, pero ni rastro de su hermana. Ni siquiera cuando interceptó el grupo de clase con el que solía quedar. Aitor chasqueó la lengua.

«Mira a ver en el servicio de chicas, a veces se tira ahí un buen rato para perder la mañana».

Pedro se sonrojó y carraspeó. Cuando habló, lo hizo entre dientes.

—Por supuesto que eres el típico que se cuela en los servicios de las chicas sin permiso...

Esa vez, le tocó el turno a Aitor de ruborizarse.

«¡Eh, que yo no hago esas cosas! No es que me ponga a mirarlas y... Solo entro cuando tengo que buscar a Aitana para irnos a casa, ¿vale?».

Pedro no respondió y fue directamente a su clase, así que a Aitor no le quedó otra que quedarse refunfuñando en el asiento.

Fue chocante escuchar la noticia de tu propio accidente en persona como si no estuvieses presente, ver cómo las personas cuchicheaban y jadeaban por la sorpresa. Fue Gutiérrez quien les dio la noticia de que Aitor Velasco estaba en el hospital en situación grave, pero que iban a hacer todo lo posible porque saliese hacia delante. Él desconocía que su situación fuese «grave», y eso le provocó una desagradable sensación de bilis subiéndole por la garganta. Ver al señor Gutiérrez compasivo, emocionado aún con su eterno rostro serio, fue algo digno de mención. ¿Le daría pena de verdad perder a su alumno más odioso? Por supuesto, ¿quién no echaría de menos a Aitor? Si era un máquina, se hacía notar en todos los ambientes. El alma de la fiesta.

Pedro resopló, divertido y sardónico. Joder, a veces se le olvidaba que podía escuchar lo que pensaba. Era un poco bochornoso. El señor Gutiérrez se giró hacia él, ya que estaba frente al asiento del profesor, como siempre, y Pedro fingió un carraspeo con la cabeza gacha. La clase entera seguía hablando del accidente. Aitor quería pegar la oreja, pero el profesor aprovechó la distracción para apoyarse en el monitor e inclinarse hacia su asiento.

—Sé que esto tiene que ser confuso para usted, Parra —empezó en un susurro. Incluso la voz sonaba intimidante, un poco como le pasaba a Pedro—. Le puedo dar unos días extra para su trabajo, no quiero que esto interfiera con sus estudios.

«¿Qué cojones? ¿Me está llamando "interferencia"?», preguntó Aitor, cabreado. «Todavía es capaz de ponerme un cero por no presentarme al trabajo. A él sí que le voy a interferir con mi puño en su cara... Manda huevos».

Pedro sonrió, pero el profesor debió tomárselo como una muestra de cortesía, porque se le suavizaron las facciones. El chico negó con la cabeza.

—No se preocupe, señor Gutiérrez. Siento lo que ha pasado, pero ya le dije que trabajaba mejor solo.

—Quién lo iba a decir, al final le ha venido bien que pase esto —bromeó. Tanto Pedro como Aitor estaban perplejos y el profesor se aclaró la garganta para hacer desaparecer la sonrisa—. Olvide lo que he dicho, ha estado fuera de lugar. Venga, chicos, se acabó la tertulia.

«Menudo hijo de puta», masculló Aitor entre dientes y por alguna razón tuvo claro que, por una vez, Pedro le daba la razón.

Era estresante lo mucho que atendía Pedro en clase, Aitor sentía que incluso él estaba aprendiendo. No le gustaba para nada esa sensación. Cogía notas, ignoraba el ruido de su alrededor, se centraba todo el rato en la pizarra. Cuando sonó el timbre para el descanso, ni siquiera se movió de su asiento. ¡Por supuesto que no iba a levantarse ni para mear!

Qué agobio. Una chica se le acercó para decirle que cada uno de la clase estaba poniendo dinero para enviar un ramo de flores al hospital de Aitor. Pedro dio tres euros de mala gana y la chica le lanzó una mirada poco simpática. Lo cierto era que el gesto de fastidio del chico fue porque Aitor no paraba de fardar de lo mucho que le querían en esa clase, vivo, muerto o entre medias.

El aula se quedó vacía; todo el mundo aprovechaba para salir al pasillo a hablar con sus amigos de otros grupos en esos minutos libres. Pedro utilizaba ese tiempo para guardar los libros y sacar los de la siguiente clase. Cogió el móvil que Aitor ya había bautizado mentalmente como «patata» y se puso a mirar las notificaciones de las apps. No tenía muchas, pero a ambos les llamó atención la de TikTok. Alguien había empezado a seguirle y no solo eso, sino que le había escrito por mensajes privados.

Voidcoremusic01.

Pedro se había paralizado por el pánico, pero Aitor tenía muchísima curiosidad, le daban ganas de pelear por salir al exterior y abrir el mensaje.

«¡Hostia, tío, que te ha escrito el Germán! A ver qué te dice, ¿no?».

La voz de Aitor le despertó. Pestañeó, tragó saliva y pulsó encima del nombre. El corazón se le aceleró como si hubiera salido a correr esa mañana.

> eyy. como no me decias nada, he decidido abrir la veda yo.
> espero que no te importe.

> me gusta tu avatar de omori. chico con buen gusto.

Las hormonas de Pedro estaban haciendo cabriolas por toda el aula, no hacía falta ser Aitor para darse cuenta. Ojalá pudiera darle un codazo y sacudirle los hombros de forma amistosa para que reaccionase de otro modo que no fuese abrir la boca y quedarse atónito. Poder hacer que se alegrara en vez de asustarse. Así que hizo lo que pudo.

«¿Es cosa mía o el pavo está ligando contigo? No tengo ni idea de qué es eso del *Omori*, pero si es tan frikazo como para saberlo, es que os podéis llevar bien».

—Es... un videojuego de rol con terror psicológico —susurró Pedro. Le hacía ilusión hablar del tema. A Aitor le sonaba bien lo del terror—. Yo no diría que está ligando, solo intenta ser amable conmigo.

«Bueno, pero es bueno, ¿no? Que noto cómo te está timbrando el culo. Ya tienes temas de conversación con él. De nada, ¿eh?».

Pedro bufó y puso los ojos en blanco, pero no podía dejar de sonreír. Acarició la pantalla con el pulgar, con cuidado de no pulsar nada. Se mordió los labios.

—Esto no cambia nada, me parece que lo que hiciste estuvo fatal y sigo enfadado por eso. No lo vuelvas a hacer, no me gustó. —Suspiró, dejó caer los hombros que tenía rígidos casi las veinticuatro horas que duraba el día, incluso al dormir—. Pero supongo que puedo enterrar el hacha de guerra.

«¿Eso es que sí me perdonas?».

—Solo un poquito. Hasta que vuelvas a fastidiarla, que seguramente será muy pronto.

A Aitor no le importó la segunda parte de su frase porque ya estaba celebrándolo entre vítores y Pedro rio entre dientes. El timbre de la siguiente clase volvió a sonar, así que se guardó el móvil, pero le costó mucho borrar la sonrisa de sus labios.

Pedro se dirigió con muchos nervios al Mercadona cerca del instituto, pues Aitor le dijo que lo más probable era que sus amigos se encontrasen allí. Los cuatro chicos estaban fumando antes de entrar y se quedaron mirando los andares de pato del chico, como si nunca se hubiera relacionado con nadie, además de su familia.

—No es Aitor el que está ahora con nosotros —anunció Carla con voz solemne cuando Pedro estuvo lo suficientemente cerca, todo recto y agarrando con fuerza las asas de su mochila. Vir rio entre dientes antes de dar otra calada.

—No hace falta que seas médium para saberlo, se nota bastante.

—¿Estás ahí, Aitor? —preguntó Suso con voz compungida, inclinándose hasta que su nariz casi rozó la del chico.

Pedro tosió con el humo del cigarro.

«Dile que un poco de aire, que le canta el aliento a ritmo de Estopa».

—Sí, está aquí —dijo Pedro, ignorando sus palabras—. Me ha pedido que os pregunte si sabéis algo de Aitana. No la hemos visto en toda la mañana.

La pandilla se lanzó miradas entre sí en un silencio que hizo que a Aitor se le helase la sangre y llegara el miedo hasta Pedro.

—A Aitor no le va a gustar esto —contestó Vir con los labios apretados. El chico dio golpes angustiado en el costado de Pedro, que siseó de dolor.

«¿Qué? ¿Qué pasa? ¡Que lo diga ya, joder!».

—La hemos visto irse con Mario antes de entrar a la primera clase. No sabemos dónde andará.

La voz de Alberto no cargaba ninguna animosidad mientras hablaba. Vir le dio un codazo, murmuró un «pero dilo con más tacto, hombre». A Aitor se le subió la bilirrubina por la garganta, pasó de tener la sangre helada a hirviendo, le temblaba el alma. Pedro, confuso, preguntó:

—¿Quién es Mario?

«Un gilipollas, un mierdas, un imbécil al que le voy a cortar los huevos por acercarse más de dos metros a mi hermana. Es que no puedo con él, es un...».

—Vale, me ha quedado claro —añadió con una mueca, frotándose el pecho que le quemaba como si tuviera acidez. Los demás se le quedaron mirando con curiosidad—. Tranquilízate, por favor.

«¿¡Que me tranquilice!? Tú no conoces a ese adefesio, no le has escuchado hablar de lo que les haría a las chicas que le molan. ¡Le cojo y le reviento!».

Un puñetazo en el estómago de Pedro, un gemido de dolor y un vértigo. Aitor estaba luchando para salir de él, aunque no era su intención. Necesitaba tener puños físicos y pegarle a ese desgraciado, pese a saber que tampoco podría hacerlo. No siendo Pedro.

—¿Ya te está dando otro jari? —preguntó Suso, más inquieto que burlón.

Si abría la boca, vomitaría todas las entrañas o al mismo Aitor, así que no respondió. En vez de eso, cruzó los brazos a la altura del estómago y se dio la vuelta. Echó a correr hacia un lugar menos transitado, donde los clientes del Mercadona no pudiesen lanzarle miradas de curiosidad por estar retorciéndose y hablando solo.

—Aitor… aunque salieses, no podrías hacer nada —susurró Pedro, apoyado en una pared para no caerse y sudando a mares—. No sabemos dónde está tu hermana.

«Me la pela, la buscamos. No puede andar muy lejos».

—¿Y luego qué? ¿Un chico que no conoce de nada le canta las cuarenta, el mismo al que llamó pirado en el hospital? —Jadeó y chasqueó la lengua—. Además, no puedo saltarme clases…

«Ah, coño, que era eso. ¡Pues claro! No puedes soportar no lamerle el culo a los profesores durante media hora…».

—Escucha —le interrumpió Pedro, masajeándose el puente de la nariz por debajo de las gafas mientras cerraba los ojos, molesto—. Te prometo que iremos a tu casa esta tarde, piensa en una excusa y vamos. Así podrás ver a Aitana. Pero, por favor, deja de destrozarme por dentro…

Aitor se detuvo en seco y Pedro suspiró, aliviado y agarrándose el cuello de la camisa como si le hubiese dado un ataque de asma. Vale. Sí. Era… mucho mejor idea que la de emerger modo demonio del cuerpo de Pedro y dar vueltas por las calles alrededor del instituto, histérico perdido.

«Vale», aceptó, mucho más calmado. «Y lo bueno es que no necesitamos ninguna excusa para presentarnos en mi casa».

Pedro no supo lo que quiso decir, pero tampoco le preguntó. En el fondo, deseó que no se tratase de otra de las descabelladas ideas de macarra. No creía que su corazón pudiera soportar más emociones fuertes en una semana.

10

Después de comer, Pedro se puso la ropa de deporte —una vez más con los ojos cerrados, golpeando la lámpara de pie— y salió de casa con la excusa de hacer *footing*. Al parecer, solo existían tres cosas que sus padres le permitían hacer: los deberes, ejercicio físico e ir a visitar a su abuela.

Si algún día salía de esta, Aitor se prometió a sí mismo, le sacaría de casa para que se divirtiera sin necesidad de estar examinando constantemente el teléfono, esperando una reprimenda de sus padres.

Aitor le llevó a La Divina Tragedia, sintió cómo el corazón que compartían se convertía en chocolate caliente, caramelo derretido y nata montada. Echaba de menos la fachada verde pastel y el cartel escrito con tiza de la entrada anunciando los dulces artesanales recién horneados del día. La sensación azucarada de nostalgia, que volvió en una amarga pesadumbre, casi la podía paladear.

—¿Es aquí? —preguntó Pedro. Ninguno de los dos podía

soportar la ola de emociones que les estaba abrumando, así que Aitor se obligó a salir de su ensimismamiento.

«Sí, es la cafetería de mi tía Nadia. Vivimos arriba, pero no hará falta subir, claro. Estará en el mostrador, le puedes preguntar directamente a ella».

Pedro cogió aire, armándose de valor. Porque, por alguna razón que Aitor desconocía, al chico le costaba cualquier interacción social. Tenía que mentalizarse unos minutos antes de hacerla, jamás lo hubiese intuido por su semblante tan formal. Siempre pensó que no le importaba nada ni nadie más que sacar un diez en todas las asignaturas, pero por lo visto le preocupaba demasiado lo que pensasen los demás de él.

Dentro, la misma clientela de siempre de esa cafetería de estilo rústico —«cottagecore» lo llamaba Aitana, pero él no tenía ni idea de lo que significaba eso—. Velas encendidas dentro de lámparas de aceite y pequeñas macetas con flores adornaban las mesas. Flores de verdad, claro, porque el local tenía que oler a gardenias y jazmín, además de a pan recién hecho. Después les tocaba a Aitor y Aitana cuidarlas todas, mientras Nadia hacía napolitanas de chocolate y trenzas de Almudévar junto a su socia.

Joder, lo que daría por pasar otra tarde más ahí, limpiando mesas y cogiendo bocaditos de almendra a escondidas.

—¡Buenas tardes!

Aitor dio un vuelco cuando Nadia saludó, toda sonrisa y actitud de brazos abiertos apoyada con una mano en el mostrador. Sin embargo, las ojeras las tenía marcadas bajo el maquillaje y el cabello no tenía los rizos que solía peinarse con la espuma. Se alegró de que Nadia siguiera en la

Divina a pesar de, bueno, la tragedia, valga la redundancia, pero no le entristecía ver los estragos del cansancio en ella. ¿Cuánto tiempo llevaría metida en la habitación del hospital? ¿Sería esa la primera vez que iba a la cafetería desde entonces?

Pedro se aclaró la garganta y le dio las buenas tardes con la boca muy pequeña. Nadia le miraba sin perder gesto, pero la vio fruncir el ceño, pensativa.

—¿Qué te pongo, corazón?

—En realidad... soy Pedro, compañero de clase de Aitor. Venía... venía a preguntar cómo os encontráis. Qué tal está él... —Tosió cuando notó el golpe del chico dentro de él—. Y su hermana, claro, Aitana. ¿Cómo está ella?

La expresión de Nadia cambió muchas veces en pocos segundos. Primero, tristeza. Luego, entrecerró los ojos y, de repente, los abrió con la boca torcida.

—Ya me acuerdo de ti. Estuviste en el hospital el día de... en fin.

—Sí, lo siento por mi comportamiento —se disculpó Pedro, a pesar de no haber sido él exactamente, se sonrojó hasta las raíces del pelo—. No fue mi mejor momento, estaba... nervioso con todo lo que había pasado.

—Te entiendo, cielo. Nosotras también lo estábamos —suspiró con pesar, dejando caer los hombros hasta que se encogió y parecía aún más pequeña. Lo único que Aitor quería en ese momento era poder darle un abrazo—. Aitor... sigue estable, luchando. Aitana está ahora con él, apenas deja la habitación. He tenido que obligarla hoy a ir a clase para que tome un poco el aire.

Aitor quiso arrancarse el pelo mechón a mechón. Por

supuesto, nunca se chivaba de cuando Aitana decidía hacer pellas alguna vez, ella tampoco decía nada —aunque era un trato poco equitativo, teniendo en cuenta las veces que el chico se fugaba—. En cambio, en ese momento quería sacar el alma por la boca de Pedro para gritarle que Aitana no había ido a clase, que se había largado con el peor chaval del instituto y que, por favor, la castigase toda la adolescencia en su cuarto con tal de que no pudiera tocarle ni el pelo nunca más. Exagerado, pero necesario.

Por supuesto, Aitor no podía hacer nada de eso por mucho que le frustrase, así que Pedro asintió, frotándose el estómago como si quisiera calmar a la bestia, y dibujó una pequeña sonrisa.

—Gracias. De nuevo, lo siento. Espero que todo vaya a mejor.

«Oye, no, ¡pero quédate a esperar a Aitana!».

Pedro hizo una mueca. Nadia le miró de reojo la mano en el estómago y supo que se había tomado ese movimiento como que el chico tenía hambre. Conocía a su tía; le era imposible no alimentar a cualquiera que tuviese la edad de sus sobrinos.

—Espera, cariño, ¿quieres tomarte algo? Te invito yo, por Aitor.

Pedro se colocó las gafas y abrió la boca para declinar amablemente la invitación, pero Aitor conocía sus intenciones:

«Como rechaces un dulce de mi tía, te juro que te meto un navajazo cuando salga de aquí».

Un escalofrío le recorrió la espalda. Pedro forzó una sonrisa y aceptó «encantado» la propuesta. A Nadia se le iluminó la cara. Cogió un bollo trenzado con forma de rosa con las pinzas, lo dejó sobre un platito y calentó algo de leche, y se la sirvió junto a un sobre de Cola-Cao. Pedro se sentó en la mesa más alejada, al lado del escaparate, y se colocó los auriculares con el móvil encima de la mesa para que, si hablaba solo, pareciese que estaba hablando por llamada.

«Eh, qué buena idea, cómo se nota que eres el listo de la clase».

Pedro se quedó mirando la taza humeante y los pétalos del dulce, espolvoreados con azúcar y rodeados de chocolate con leche. Suspiró profundamente y se masajeó el puente de la nariz.

—Son muchísimas calorías, voy a tener que correr toda la tarde para quemar esto.

«Venga ya, por una vez no pasa nada. ¿No desayunaste churros el otro día?».

—Eran de avena, sin azúcar y hechos al horno.

A Aitor no le extrañó nada que a Pedro se le escapase una mueca de asco.

«Con razón sabían a mierda...», susurró y se quedó mirando la rosa de chocolate junto a Pedro. A ambos les rugió el estómago. «Los dulces de mi tía están de puta madre, así que te va a gustar, ya verás. ¡Disfruta un poco de la vida, hombre!».

Pedro volvió a suspirar, pero esta vez sonrió. Poco, pero al menos lo hizo. No echó el Cola-Cao a la taza, pero cogió los cubiertos para comenzar a cortar la rosa en trocitos. Por supuesto que era de los que se comían todo con cubiertos y no con las manos para chuparse los dedos después...

—Así que aquí es donde vives —murmuró Pedro, distraído. A Aitor se le encendió toda el alma solo de pensar en ello.

«Sí, ¿a que mola? Vivimos con Nadia desde que mis padres murieron... y todo eso. Está muy bien, la ayudamos con la cafetería y a veces podemos coger pastelitos que luego no hace falta que quememos corriendo. Las únicas maratones que nos hacemos son de series del Netflix robado del vecino, así que».

Aitor bromeó e intentó que la charla fuese más ligera con la única intención de que Pedro se olvidase de la primera parte, pero no estaba tan seguro de que lo hubiera conseguido. ¿Sabría Pedro lo de sus padres? ¿Lo habría escuchado en algún cotilleo del instituto? No le pegaba.

Pedro jugueteó con el tenedor sobre la parte crujiente del dulce, rascándolo. Aitor empezó a divagar, pensando en la última noche que cenó con Aitana y su tía, cuando pidieron la comida japonesa. El día anterior al cumpleaños de su padre. Ojalá hubiera atesorado más esos momentos. Tendría que haber pedido el postre ese de mochis que a Aitana se le había antojado en vez de picarla tanto. Tendría que haber pasado más horas de la noche con ella, ofrecerle ir al cine después de comprar las entradas de Los SFX. O directamente no haber ido a por ellas, quizá habría abierto una línea temporal de esas en las que todo era diferente y ahora estaría invitando a sus amigos a una caña de chocolate y Aitana no se habría ni acercado a Mario.

Dios, cómo le odiaba.

El ánimo se les había hundido a ambos, había arrastrado a Pedro a su melancolía. Aitor detuvo el tren de pensamientos, o al menos lo intentó. Por fin, Pedro pinchó un pétalo cortado y se lo llevó a los labios. El azúcar blanco, el moreno, el chocolate y la canela bailaron en su lengua. Pedro se estremeció. Estaba claro que no estaba acostumbrado a comer sin tener que pensar en cincuenta cosas al mismo tiempo.

«¿Sabes cómo se le ocurrió este dulce a mi tía?», preguntó Aitor, queriendo disipar el ambiente sombrío con el que se habían nublado. Pedro le respondió entre dientes, aun saboreando. «Le gusta mucho La Oreja de Van Gogh, es de sus grupos favoritos. Tenía un novio que era un mierdas y, cuando cortaron, no dejaba de escuchar "Rosas" y comer tartas. Le ponía triste, pero al mismo tiempo le animaba, ¿sabes? Como que sabía que ahora estaba mal, pero que llegaría a estar mejor, que algún día tendría a alguien que le quisiera. Y dijo "coño, me gustaría hacer un dulce que consuele a la gente cuando se sienta como el culo". Bueno, no eso exactamente, pero ya sabes. Y así nacieron las "mil rosas". Ese es el nombre que le puso».

Pedro tragó, el pétalo de azúcar y chocolate le cayó por la garganta como un hechizo cálido, un abrazo de dentro hacia fuera. Sonrió. El corazón se les acompasó, sincronizándose con Aitor.

—¿De verdad? —susurró el chico como si quisiera guardar un secreto. La voz se le agravó aún más y arañó algo en el interior de Aitor que le hizo estremecerse un poco. Solo en la teoría, claro—. Me encanta esa canción. Es preciosa.

«Vaya, pensaba que eras más de música de bohemio».

Pedro se encogió de hombros.

—Depende del estado de ánimo.

«Yo igual. A veces escucho Arctic Monkeys, otras, me da

por SebastiánYatra», confesó riéndose entre dientes, divertido, pero no había nada de broma en sus palabras. Pedro no se rio ni le juzgó, solo siguió disfrutando de la rosa, masticando despacio y mirando a los peatones a través del cristal. Valdeacederas siempre estaba concurrido a esas horas, o bueno, todo el día en general. Aitor disfrutó del aroma de la cafetería todo lo que pudo y suspiró. «¿Sabes algo muy muy concreto que echo de menos? Las Panteras Rosas».

—¿El… dibujo animado? —preguntó Pedro, extrañado y aun mirando por la ventana. Si Aitor pudiera, pondría los ojos en blanco.

«No, hombre. ¡Los bollos! Que me encanta la repostería de Nadia, me parece lo más rico que hay en Madrid, en Españita entera, pero nada como un puñetazo de químicos en el cuerpo para ponerse contento».

Pedro rio, pero sonó a resuello, a bocanada de aire, y de alguna forma era de las más sinceras que le había escuchado hasta el momento. Relajado. Despreocupado.

—Ya me acuerdo de lo que son. Odio las Panteras Rosas.

Aitor ahogó un grito de sorpresa, dramático pero real. Lo sentía casi como una traición.

«¿¡Cómo puedes decir eso!? ¡Si es lo mejor del mundo! Y baratísimas. Bueno, cada vez menos, pero sigue sin doler en el bolsillo. No tienes ni idea de lo que estás hablando».

—Me sabe muy artificial, como si comiera pegamento con edulcorantes.

«Pero… si eso es lo mejor…», murmuró y Pedro volvió a bufar y torció socarronamente el gesto. Aitor se temió lo peor. «¿Significa eso que no voy a probarlos hasta que vuelva a mi cuerpo?».

Pedro siseó como si le doliese, pero las mejillas tirantes le delataban.

—Lo siento.

Aitor lloriqueó mientras Pedro le daba un sorbo a la leche ya templada, ocultando la sonrisa. Claro que Aitor lo podía ver todo, lo sentía todo y, a veces, lo sabía todo. Hasta el pensamiento fugaz de que Aitor era más majo de lo que se imaginaba. No podía culparle, no se había portado especialmente bien con él en vida. Pedro abrió Spotify en su móvil y buscó la canción de *Rosas*. En secreto —quizá no tanto—, a Aitor también le había entrado el gusanillo de escucharla una vez más. La disfrutaron en silencio mientras terminaba los pétalos y bebía de la taza. Otras canciones de La Oreja de Van Gogh pasaron, pero no las quitó. Vieron a Nadia cogiendo el abrigo y se despidió de ellos con una mano y una sonrisa, Pedro le respondió con un movimiento de cabeza. Aitor supo que se iba al hospital.

Por mucho que Pedro apurase su estancia allí, ruborizándose cada vez que la socia de Nadia le miraba de reojo, dando los sorbitos más ridículos a su leche, Aitana no terminaba de aparecer. La voz de Amaia Montero se interrumpió cuando el móvil empezó a vibrar y Pedro se sobresaltó al ver el nombre de su madre en la pantalla.

—¿Dónde andas? Es tarde, va a anochecer dentro de muy poco. No es seguro que salgas a correr tanto tiempo.

—Ya vuelvo, mamá. Hasta ahora.

Pedro habló con el teléfono demasiado pegado a la boca, tapando el micrófono con la otra mano, intentando cubrir el sonido de la cafetería. A Aitor le daba cada vez más rabia lo mucho que sus padres le controlaban, cómo a Pedro le daba miedo incluso que supiesen que estaba bebiendo un vaso de leche a unas paradas de metro más de las que solía alejarse de casa. O a lo mejor la rabia también era de Pedro, no sabía.

Fuese lo que fuese, la situación era una mierda. Y a Aitor ya se le acababan las fuerzas para convencerle de lo contrario cuando dijo:

—Lo siento, tenemos que volver. Van a estar llamando hasta que esté en casa.

No le replicó; no quería que le volviesen a castigar por su culpa, pero le dolió mirar el arco con las escaleras que daban a su casa, no dirigirse hacia allí y salir a la calle en vez de subirlas.

Quería, no, necesitaba ver a Aitana una vez más, sentirla cerca, saber que estaba bien dentro de lo que cabía, que no hacía ninguna estupidez en su ausencia.

Pero también sabía que daba igual lo mucho que lo desease, porque ese no iba a ser el día en el que ocurriese. Y probablemente los siguientes tampoco.

11

Supuestamente, el martes era el día que a Aitor le tocaba controlar el cuerpo, pero ninguno de ellos dijo nada. Sabía que a Pedro no se le había olvidado, pero si él no lo mencionaba, él tampoco lo iba a comentar. Después de todo, quizá el trato había cambiado desde que Aitor hizo lo que le había dado la gana el sábado pasado.

Tampoco le interesaba salir, porque no vieron a Aitana ese día. Ni al siguiente. Ni al otro.

—Sabemos que se pasa el día entero en el hospital —dijo Vir en uno de los descansos que Aitor le pidió a Pedro que fuese a ver a sus amigos, que aún le intimidaban—, o sea, que no te preocupes porque con Mario no está.

«¡Que ella sepa!», bufó Aitor, molesto. «Además, le estoy viendo la cara de susto a Suso, que no soy gilipollas. Se le da fatal mentir».

—Aitor pregunta si no sabéis nada más —dijo Pedro con su habitual voz monótona y seria, traduciendo sus palabras en un tono más amable. Vir sonrió de lado como si supiera que eso no era lo que había dicho.

—Mira, tío, voy a hablar contigo directamente —dijo, posando las manos con un golpe en los hombros de Pedro, que se sobresaltó. Se acercó tanto a él que sus narices se rozaron y clavó sus ojos oscuros en los de él, con intensidad. Pedro estaba incómodo, quería que la tierra se partiese en dos y apareciera de nuevo en su asiento de clase—. Deja de rayarte ya, nosotros estamos atentos, no hay nada que puedas hacer si estás metido a presión en el culo de Pedro.

El chico se sonrojó.

—Bueno, eso tampoco es...

—Así que céntrate en volver a tu cuerpo con vida en vez de andar de guardaespaldas de Aitana.

«Hija de puta, lo dice como si fuera tan fácil. Me dan ganas de partirle la cara tan mona que tiene, pero seguro que me la devuelve el doble de fuerte...».

—Dice que vale, que cuidéis bien de Aitana —respondió Pedro en un murmullo y Vir rio entre dientes junto a los demás.

—Ya sabemos que no ha dicho eso, pero una mentira piadosa tampoco va a hacer daño, ¿no?

Aitor sabía que se estaba dirigiendo a él con esas palabras, mirando a Pedro a los ojos sin pestañear.

¿Cómo no iba a preocuparse por Aitana? Era como si le pidiesen que dejase de respirar o que pintase el cielo de rojo. Igual de ridículo e imposible.

Carla escribió unas direcciones web en el brazo a Pedro, a quien casi le dio un infarto pensando en tener que taparse y lavarse bien con esponja para quitárselo antes de que sus padres lo vieran, para que investigasen. No encontraban nada más que experiencias extracorpóreas, algo de que el cuerpo se tenía que relajar hasta sentir el alma fuera de sí, pero ¿de qué les iba a servir eso si Aitor no sabía cómo volver al suyo? ¿Y si el de Pedro también se escapaba? ¿Tenían que estar en el hospital para hacer esto? Pero si tampoco les dejaban entrar en la habitación… ¿Cómo lo iban a hacer?

Esto último solo preocupaba a Pedro, claro, porque Aitor decía que no necesitaban permiso para colarse en la habitación, que sería solo un momentito.

—Dices eso porque no eres el que acaba perjudicado, ni el que da la cara —murmuró Pedro mientras se preparaban, una mañana más, para salir a correr antes de clase—. Mira, Aitor, yo también quiero que vuelvas a tu cuerpo, de verdad…

«Cualquiera lo diría cuando te pones más pesado que un submarino a pedales con no dejarme hacer absolutamente nada».

—Pero tiene que ser sin montar un escándalo, y sin interferir en mi vida —interrumpió ignorándole, pero frunciendo el ceño—. Sigue sin ser mi culpa que estés en esta situación.

Aitor no podía rebatirle, aunque le apetecía pegarle una buena toña. Resultaba imposible, pero con Pedro había encontrado una persona aún más cabezona que él. No se podía creer que Pedro le echase en cara que solo pensaba en él mismo cuando ese chaval hacía lo mismo, en su más humilde opinión.

Por cómo apretaba los labios, Aitor sabía que se había enterado de ese pensamiento, aunque Pedro no dijo nada. Le daba igual, que se sintiese mal. Se lo merecía.

Y aun con la testarudez, la rigidez y lo lamebotas que era Pedro con los profesores... tenía que reconocer que le estaba cogiendo cariño. Era imposible no hacerlo si pasaba el día entero con él, compartían cada segundo y cada meada. Por lo visto, la puntería de los videojuegos también le servía en la vida real; la había aprendido a base de cerrar los ojos cada vez que iba al cuarto de baño. Aitor hasta le daba una puntuación y Pedro se reía, aunque intentaba disimularlo. Cuando tenía que cumplir otras necesidades, se callaba, pero porque se aguantaba las ganas hasta que Aitor dejase de hacer comentarios. Después de todo, los apretones también le dolían a él.

Intentaba no pensarlo muy en alto que le estaba cogiendo cariño para que Pedro no se enterase.

Pedro volvió a casa de su abuela el viernes porque, tal y como le había repetido mil veces, él tenía que seguir con su rutina. Bebieron la taza de café más amargo que Aitor había probado; fingió tener arcadas. Pedro puso los ojos en blanco y siseó entre dientes, divertido, a pesar de estar frente a Herminia. La anciana sonrió, mojando una lengua de gato en su taza.

—Qué contento te veo, hijo mío. ¿Es que ha pasado algo que no me hayas contado?

Pedro parpadeó, sorprendido por la pregunta, y agachó la mirada hacia el mantel de la mesa con el que se arropaba. Cogió la cucharilla con fuerza e intentó por todos los medios no sonrojarse, o que al menos no se le notara. Aitor sabía por experiencia que eso no era posible, que cuanto más pensaras en ello, más colorado te ponías. Y eso que Aitor no solía avergonzarse, pero Pedro lo hacía cada cinco minutos. Dentro de su cabeza, rio.

«¡Mira qué lista es la Herminia! Qué pronto te ha cazado con lo de Germán».

—No es nada, abuela —contestó, estoico como siempre, removiendo el café espeso con la cucharilla. Tardó unos segundos más en seguir hablando—. Estoy… teniendo unos días muy ajetreados, pero ya te lo contaré en otro momento.

—No te preocupes, cuando tú te sientas preparado.

Herminia le apretó la mano y se sonrieron con esa candidez que le hacía pensar a Aitor que ojalá hubiese conocido a sus abuelos.

Sus amigos de Internet le habían escrito para tener noche de *League of Legends* y se sorprendió cuando Pedro dijo que ese día no podía conectarse. Por un horrible segundo, Aitor pensó que iban a pasarse la noche estudiando, enterrados entre libros de texto, aprovechando la cafeína tan fuerte de la abuela —no sabía cómo la anciana podía beber esas cosas, Pedro todavía, pero Herminia debía tener el estómago hecho de acero—. Sin embargo, el chico encendió el ordenador de todos modos. Aun así, seguía teniendo miedo de que lo hiciera para meterse en el Google Académico. Aitor odiaba haber aprendido el término.

—Vi que te estaba gustando *Kimetsu no Yaiba,* así que te quiero enseñar uno de mis animes favoritos de todos los tiempos.

Supuso que le estaba hablando del manga que leían por las noches, el del matademonios y su hermana poseída. Aitor era malo recordando nombres, iba a serlo aún peor con los japoneses.

Pedro abrió Netflix; Aitor sintió curiosidad por lo que iba a poner. Le alegró poder participar en una actividad con él y no ser un mero ente espatarrado dentro de su conciencia cuyo único trabajo era decir alguna que otra frase graciosa cuando se aburría. Agradeció que Pedro le incluyese en ello, por fin parecía que estaban haciendo una quedada de viernes por la noche, aunque su idea de quedada fuese muy distinta.

«¿Este también va de samuráis y toda la pesca?».

—Los de Kimetsu no son samuráis... —murmuró Pedro y entonces se le encendió el rostro—. No, vamos a ver una serie de mechas y biopunk.

«Eh... ¿Puedes decirlo ahora en castellano, por favor?».

Pedro rio entre dientes.

—Robots y distopía.

«¡Ah, pero eso suena de puta madre!». Aitor no tenía ni idea de qué era una distopía, pero con los robots ya le había comprado. «Por fin hacemos algo divertido, me estaba deprimiendo, tío».

Pedro dibujó una sonrisa burlona mientras iniciaba la serie en la plataforma y Aitor tuvo un mal presentimiento.

El anime era antiguo y trataba el año 2015 como algo muy futurista y distinto al mundo actual. Les pillaba con cuatro años de retraso. La animación tenía muchos detalles que a Aitor le fascinaron —«¿es que pintaron las ventanas de los edificios una a una o qué?»—, y estuvo esperando los prometidos robots como agua de mayo.

Conforme avanzaban los capítulos, se le ocurrían menos comentarios porque más se sorprendía. Pedro no decía nada, acomodado en el sillón como si estuviera haciendo los deberes, recto y con las manos entrelazadas entre sí, pero el ritmo de los latidos delataba lo emocionado que estaba por ver esa serie de nuevo y poder enseñársela a alguien. Cuando terminó el quinto, Aitor resopló como si verdaderamente pudiera sacar todo el aire de sus pulmones, aturullado.

«Para, para, tío, que me estoy rayando...».

—Ya lo he notado —dijo Pedro, deteniendo la reproducción automática del siguiente capítulo, pero había un tono divertido en su voz—. Es mucho para asimilar si no sabes a lo que te enfrentas.

«Me prometiste robots y yo pensaba que iba a ser una serie de pegarse, no que me fuera a hundir en la miseria».

—Yo nunca te dije que fuese una serie de pegarse. —Pedro rio con ligereza, sus hombros se sacudieron solo un poco. Una onza de incertidumbre y desasosiego se hundió en ellos por un momento—. Pero... ¿Te está gustando?

Aitor bufó de nuevo y la duda creció en el pecho.

«¡Me parece una puta maravilla! Increíble, esto es mejor que *Origen*. Menuda hostia mental...», dijo Aitor, emocionado, y la onza se diluyó para convertirse en alegría. «Eso sí, hay cosas que no entiendo, ¿es que los ángeles son malos? ¿Y por qué son peonzas?».

Pedro rio de nuevo con un ronquido y se tapó la boca con rapidez para detener los ruiditos. Aitor ya no sabía de quién era la calidez que se movía del pecho al estómago.

—No son peonzas, son... formas, ya sabes. Son ángeles bíblicos que provienen del espacio, así que se pueden considerar también alienígenas.

«Menuda pasada. No sé qué me estás diciendo, pero vale. ¿Seguimos mañana?».

Antes de que Pedro respondiese, le vibró el móvil. Pensó que serían sus amigos insistiendo en que se echara, por lo menos, una partida. Se olvidó de respirar unos segundos cuando apareció una notificación de mensaje privado en TikTok. Tragó saliva y abrió la aplicación.

> hola? sigues ahi o me diste una cuenta falsa?

«¡Es verdad, nunca llegaste a responder al Germán! Ya te vale, tío».

Pedro tragó saliva porque la garganta estaba cada vez más seca y congestionada. Suspiró por la nariz y le dio unos toquecitos con el dedo al lateral del móvil, nervioso.

—Es que... tampoco sé qué decirle. Nunca he hecho esto.

Si pudiese, Aitor le pincharía la mejilla. Un chico rectito, friki, socialmente torpe y, por supuesto, virgen hasta para una simple conversación amigable con la persona que le gustaba. No podría ser más cliché ni intentándolo.

Aun con todo, estaba disfrutando muchísimo de la compañía —forzada— de ese cliché andante, y le había fastidiado la interrupción de Germán. Pero se sentía moralmente obligado a ayudar a Pedro, así que carraspeó y habló con seguridad.

«No te preocupes, chaval, que ya estoy yo aquí para ayudarte».

Pedro resolló.

—¿En serio? ¿Tanta experiencia tienes o qué?

«He tenido mis aventurillas, claro». Aunque no pensaba decirle que habían sido rolletes muy esporádicos y que acababan haciéndole *ghosting*, o haciéndolo él. «Tú hazme caso, que yo de esto sé».

—¿Con chicos también?

No se le pasó por alto el tono burlón de su voz, pero había algo más que no supo identificar. ¿Curiosidad? No pudo indagar porque Pedro se empeñaba en cambiar su hilo de pensamientos y ahora se preguntaba qué narices era *ghosting*. Mierda, o sea que le había leído.

«Eh… pues no, pero yo soy un chico, no tiene que ser tan difícil ni distinto. ¡Qué chapado a la antigua estás, Pedrito!».

Pedro puso los ojos en blanco. Cogió aire y no le contestó enseguida. Apagó el ordenador, dejó el móvil en la cama, respiró por la nariz y soltó el aire por la boca. A Aitor le parecía gracioso —y adorable— tanta preparación mental.

—Vale, pero voy a ponerme cómodo antes. Necesito… sentirme relajado —susurró Pedro y cogió el pijama de debajo de la almohada—. ¿Seguro que no te importa? No quiero que esto sea raro.

«¡Que no te rayes tanto! Mis amigos y yo nos ayudamos con estas cosas siempre. Hoy por ti, mañana por mí, ¿no?».

Pedro asintió. Aitor intuyó que el comentario no se iba por hacerle de pinganillo en su conversación, sino por la parte de que Germán era un chico. No sabía cómo hacerle ver que le daba igual, nunca le supuso un problema, a pesar de… vale, alguna vez habían dicho eso de «maricón» entre sus amigos, pero solo entre ellos, como broma. No era para tanto, ¿no? Aunque si estaba dándole tantas vueltas al tema, cabía una posibilidad de que lo fuese.

«Piénsalo como que en realidad estoy aquí porque estábamos destinados a que te ayudara a ligar. O algo así. Menudo destino de mierda, pero bueno».

—A lo mejor, una fuerza divina quería que leyeses mangas —contestó Pedro con una sonrisa tímida y, por un segundo, Aitor se sorprendió.

«Mírate, ¡pero si puedes hacer bromas y todo!».

No se dio cuenta de que esa vez Pedro no había cerrado los ojos para cambiarse hasta que tuvo toda la camisa desabotonada. Se la quitó y, por un segundo, Aitor vio lunares en constelaciones sobre unos abdominales que no se esperaba en absoluto y músculos en los brazos que no sabía que podía tener. Unos cuantos pelos más oscuros que el rubio de su cabello en el pecho y bajándole por el ombligo. No pudo apreciarlo demasiado tiempo porque, sin las gafas, Pedro veía increíblemente borroso, incluso de cerca, y también porque, a los pocos segundos, el chico cerró los ojos.

Las orejas, las mejillas, el cuello y el pecho les ardían. Tiritaron a pesar de que no hacía tanto frío, incluso desvestidos. Parecía que se les quisiera escapar el corazón como un mono en celo enjaulado.

—P-perdona...

«Nada, nada».

Aitor le atribuyó los nervios a Pedro. Única y exclusivamente a él. La última vez que se había fijado tanto en el cuerpo de un chico, había sido cuando aún echaban *El Internado* en la televisión y Martiño Rivas actuaba en esa serie. Claro que era solo por curiosidad y admiración; quería ser como él y salir con Ana de Armas. Ya de chiquitito apuntaba maneras. ¿Quién no querría salir con Ana de Armas? Claro. Eso.

No quiso darle más vueltas.

Pedro se tumbó en la cama, se tapó con las sábanas y se quedó mirando la pantalla con los cuatro mensajes de Germán. Aitor, distraído, tardó más de lo que debería en darse cuenta de que estaba esperando a que le dijese lo que tenía que escribir.

«Dile que has estado ocupado, hazte un poco el difícil. Luego le preguntas si tiene algún concierto pronto, que seguro que le encanta hablar de sí mismo».

—¿Alguna vez le ha servido a alguien eso de hacerse el difícil?

«No sé, pero yo siempre tardo en responder a los mensajes. Solo por si acaso».

Pedro suspiró.

—Eres un imbécil.

Notó la riña en el tono, pero lo ignoró. A ver, cada uno con sus técnicas, ¿no?

Como bien supuso, Germán comenzó a parlotear de los conciertos que habían arreglado para el siguiente mes como si estuviese hablando con un representante. Pedro reía cada vez que Aitor predecía la siguiente respuesta de Germán, *emojis* incluidos. Hablaron de lo mucho que les gustaba *Omori*, de cómo Germán solo escuchaba, veía y jugaba contenido independiente y alternativo para apoyar al pequeño artista. De pronto, estaban hablando del capitalismo y Aitor rezongó.

«¿Por qué todas las conversaciones acaban en el capitalismo? Es increíble, con Vir y Alberto igual, cuando se lían un canuto son insoportables».

Pedro sonrió y se apoyó sobre un costado.

—Por alguna razón, no me extraña nada que consumáis marihuana.

«¡Eh, yo no! La última vez me dio un amarillo y no he vuelto a probarla».

El chico rio, frotó los pies entre sí para ponerse cómodo. Germán estaba respondiendo, pero Pedro desvió la mirada, abstraído y pensativo.

—¿Y de qué sueles hablar con tus citas?

Aitor no pudo evitar reír como si se hubiera ahogado.

«¿"Con mis citas"? ¿Cuántos años tenemos?».

Pedro se sonrojó y murmuró picado. Aitor se lo pensó unos segundos. Lo cierto era que no podría decirlo a ciencia cierta, las conversaciones siempre habían sido tan ligeras e intrascendentes que se olvidaba de ellas después de enrollarse. Vaya, a lo mejor sí que era un capullo.

«Yo qué sé… de las clases, de nuestros amigos, de lo alta que está la música para tener una excusa para salir fuera y tomar el aire… Cómo echo de menos fumarme un cigarrito…».

—Ni lo sueñes, qué asco —espetó Pedro con la nariz arrugada. Aitor se encogió de hombros de una forma tan hipotética que no supo ni cómo lo hizo.

«Cada uno con sus vicios. Yo, el tabaco. Tú, batidos de mierda de perro».

Pedro arrugó el ceño y comenzó una perorata sobre cómo los batidos de proteínas eran buenos para nutrir el cuerpo y la mente; Aitor defendía que eso era una gilipollez y que prefería meterse una buena hamburguesa por el culo, que ya la quemaría escribiendo mensajes por WhatsApp a toda velocidad con los dedos. Pedro le riñó por la vulgaridad, pero no pudo evitar sonreír.

Poco a poco, entre piques absurdos, risas furtivas disimuladas con resoplidos y apuntes sarcásticos, el móvil quedó olvidado entre las sábanas y se durmieron cuando ya no les quedaban cosas que comentar de la serie que habían visto esa noche.

12

El último mensaje que Germán había escrito era para preguntarle a Pedro si le apetecía quedar para tomar algo. Lo
había enviado con una hora de diferencia al anterior, ya de
madrugada. Pedro se sonrojó hasta las raíces del pelo. Estaba
aún en la cama, intentando espabilarse y con las gafas perdidas en algún lugar. Aitor quiso darle un codazo amistoso.
«¿Ves? ¡Hacerse el difícil funciona! Le tienes loquito».

—No es hacerse el difícil, me quedé dormido —dijo Pedro con la voz rasposa y aún más grave. Le hizo sentir algo
a Aitor, pero no supo el qué. El chico se mordió los labios,
inquieto—. No sé…

«Va, es sábado, tienes todo el día para hacer los deberes
y luego quedar con él».

—Pero es que a mí no me gusta salir de bares, se va a dar
cuenta de que soy un aburrido.

Quiso decirle que él no era aburrido en absoluto. Muy
formal, tal vez, y a veces hablaba como una persona mayor,

pero lo hacía con pasión y, cuando llegabas a conocerle un poquito, hasta las conversaciones sobre las enzimas esas raras de las clases de biología sonaban interesantes. Pero entonces Aitor tuvo una idea que le hizo dar un bote dentro de él.

«Entonces no quedes con él en un bar, podéis ir a la Divina, la cafetería de mi tía», sugirió. Notó que aún estaba dubitativo, así que siguió hablando. «Es un sitio tranquilito, podéis beber té, café o lo que te dé la gana en vez de cerveza, ya lo conoces, así que no te pillará de nuevas y mi tía es experta en deshacerse de pesados, así que, si en algún momento necesitas esconderte en el cuarto de baño, se lo dices a ella en confianza y le hará desaparecer».

—¿Ya la has usado a ella para deshacerte de tus citas o qué?

De nuevo, ese tono de riña y decepción y el ceño fruncido. Aitor nunca llevaba a sus ligues a la cafetería, ni de coña. Era su lugar seguro, así que como mucho flirteaba con alguna chica que pasase por allí, regalándole un dulce. Pedro puso los ojos en blanco, pero se lo estaba pensando.

«Va, no seas un rajado. Si no le escribes tú, salgo de tu cuerpo y lo hago yo».

—No, no hace falta —replicó, cortante, y se quedó mirando la pantalla del móvil demasiado tiempo. Aitor aguantó la respiración.

La soltó cuando, finalmente, Pedro se animó a decirle que sí a Germán y le envió la ubicación de la cafetería. Aitor se deshizo en vítores para apoyarle y el chico intentó no sonrojarse más de lo que ya lo estaba.

Pedro pareció hecho de gelatina durante el resto de la mañana. Le temblaban las manos al escribir en su cuaderno, se le olvidó más de una vez lo que estaba buscando en Google para hacer sus ejercicios. Se le cayó el tenedor al suelo cuando comió con sus padres, pero ninguno le preguntó por qué le sudaban las manos más de lo normal, solo le avisaron de que tuviese más cuidado y que esa noche iban a estar en el teatro, que descongelase la cena para más tarde. Aitor agradeció estar ahí mientras Pedro se acicalaba para poder advertirle. Pensó que su alma se le iba a escapar de un estornudo.

«¿Cómo te echas tantísimo desodorante y colonia? Huele a droguería, le vas a quemar los pelos de la nariz a Germán».

—¡No quiero sudar cuando esté con él!

«Pues te vas al servicio y te das con papel en los sobacos o algo, pero es que te vas a convertir en un arma de destrucción masiva».

Indeciso, Pedro intento airear el cuarto de baño mientras terminaba de arreglarse para que se fuese un poco del olor de la colonia. En vez de peinarse hacia atrás, Aitor le recomendó que se pasara los dedos, que le diese un aspecto más rebelde, despreocupado, que no pareciese tanto «el pequeño Nicolás». Por fin, y tras una pequeña discusión en la que Pedro intentó argumentar que no sería de mala educación cancelar el plan en el último minuto, salió de casa a las seis y media.

Llegó a la cafetería antes de la hora acordada, así que no había rastro de Germán por ninguna parte, pero por muy nervioso y tembloroso que estuviese Pedro, no era lo que realmente le importaba a Aitor. Saludó a la socia de Nadia con un tímido «buenas tardes» y se pidió un café solo antes de dirigirse a la mesa más apartada que pudo. No había rastro de su tía ni de su hermana. Se preguntó si estarían en el hospital o arriba, en casa.

—A lo mejor no viene —susurró Pedro y Aitor tardó unos segundos en darse cuenta de que se refería a Germán. «Claro que vendrá, a menos que sea un imbécil. Es que has llegado diez minutos antes, cagaprisas».

—Si has sido tú el que dijo que estaba tardando un montón en arreglarme.

«Porque has empezado a arreglarte justo después de la hora de comer. ¿Ves cómo eres un cagaprisas?».

Pedro farfulló algo, pero no le escuchó. Ni siquiera le echó azúcar al café, así que Aitor tuvo que soportar el golpe amargo en el paladar. Por lo menos no era tan fuerte como el de la casa de su abuela.

Aitor aprovechaba todas las veces que Pedro alzaba la cabeza para mirar a su alrededor, pero nada, ni rastro de su familia. Tampoco estaban allí sus amigos, que los fines de semana solían pasarse antes de ir a patearse las calles de Argüelles. Claro que eso era cuando Aitor trabajaba allí por las tardes e iban a buscarle. Y de paso cogían los sobrecitos de azúcar que les sobraba a los clientes solo por la satisfacción de llevarse algo gratis.

Una punzada en el pecho. Una vez más, les echaba de menos. Echaba de menos todo, claro. ¿Estaría su cuerpo listo para volver a meterse en él si lo intentaba o le esperaba una muerte segura? Si tenía que admitir que era un cobarde, lo haría. No tenía tanto coraje como para luchar y arriesgarse a perder la existencia.

Pedro abrió la boca para decir algo, pero solo emitió un susurro quejumbroso cuando Germán entró por la puerta, buscándole con la mirada. Llevaba la funda de la guitarra colgando de la espalda y, aunque Aitor no recordaba qué llevaba puesto la última vez, podía casi asegurar que era lo mismo que llevaba ahora. Tampoco podía decir nada —aunque quería soltar uno de sus comentarios sarcásticos con ganas—, porque él era de los que llevaban sudaderas de las mismas tonalidades negras, grises y moradas casi durante todo el año.

Podría haberse esmerado para Pedro, ¿no? ¿Y qué necesidad había de llevar la guitarrita a todas partes? ¿Iba a arrancarse por bulerías o qué? «Que sí, Germán, que eres un bohemio, ya nos hemos enterado», pensó, irritado, sin saber siquiera por qué.

—Ey, Pedro, ¿qué tal? —saludó con una sonrisa de dientes perfectos y le tendió la mano para estrecharla. Por lo menos se acordaba de su nombre, después de que Aitor le insistiese la noche anterior para que se lo dijera.

—F-fenomenal.

—¿Te he hecho esperar mucho?

—Para nada —contestó Pedro con los hombros tensos.

Cualquiera que le viese desde fuera pensaría que no estaba nervioso excepto por los tartamudeos esporádicos, pero la realidad es que era un chico muy rígido, frío y con una voz determinada que rascaba los tímpanos. Ahora que Aitor sentía y escuchaba casi todo lo que pensaba, se daba cuenta de que Pedro le tenía miedo a absolutamente todo lo que le rodeaba. Se preguntó cuántas veces que le había visto en clase con los dedos entrelazados sobre la mesa, observando al profesor durante las lecciones y agachando la cabeza durante los descansos, se estaría librando una batalla campal en su cabeza.

—No puedo quedarme mucho tiempo, he quedado con unos amigos para ensayar esta noche. Puedes venir, si quieres.

Con cada palabra, a Aitor le daba peor espina y no supo identificar muy bien el porqué. Con Mario fue gradual, pero evidente por las cosas que decía y cómo se comportaba. Con Germán eran solo... las vibras.

Las mejillas de Pedro le tiraron cuando sonrió.

—No te preocupes, yo también tengo planes.

Aitor sabía que era mentira y, por mucho que le gustase pasar esa noche con Pedro viendo los *Evangelion*, quería que disfrutase un poco. De la vida, del chico que le gustaba y de conocer a gente nueva.

«¿Qué dices, hombre? Tus padres no están en casa, puedes volver a la hora que quieras. ¡Vete un rato con el chulito y escuchas algo de música!».

Pedro frunció el ceño, pero no le respondió por lo obvio: Germán estaba con ellos. Colocó la funda con cuidado junto a la mesa, se sentó y alzó una mano hacia el mostrador, arqueando las cejas y haciendo lo posible porque la chica le mirase. Pedro se removió en su asiento.

—Um... creo que tienes que pedir allí.

—Vaya, ¿qué les costaba venir a la mesa? Si no hay casi nadie. —Germán rio entre dientes y, aunque Aitor supo que solo estaba bromeando, quizá rompiendo el hielo, quiso arrancarle la cabeza de un mordisco—. ¿Quieres algo? Invito yo.

—Estoy bien, gracias.

Pedro solo volvió a respirar con normalidad cuando el guitarrista se puso de pie para apoyarse en el mostrador y hablar con la socia de Nadia. Aitor no se dio cuenta de lo mucho que les faltaba el aire hasta ese momento, cuando Pedro soltó un profundo suspiro, se encogió sobre sí mismo y se tapó la cara con una mano.

—No tengo ni idea de lo que hablar con él —dijo, frustrado, colocándose las gafas y jugando con la cucharilla del café.

«Pero si ayer estuvisteis hablando de un montón de cosas, ¿no?».

—No tanto, y es lo único que se me ocurrió. No puedo pasarme toda la tarde hablando del *Omori*, aunque no me importaría. Además, anoche... —Pedro se interrumpió y volvió a coger otra bocanada de aire—. No es lo mismo.

Aitor quiso preguntarle por qué no era lo mismo, pero lo intuía. Anoche tuvo su ayuda y podía hablar con él entre mensaje y mensaje para tranquilizarse, tenía tiempo para pensar. En persona, las habilidades sociales de Pedro brillaban por su ausencia.

Estaba pensando cómo animarle, cuando la puerta de la cafetería se abrió, Pedro alzó la mirada, distraído, y se les heló la sangre. Aitana estaba allí, con el flequillo rizado y el pelo recogido en una coleta, el ceño fruncido y con pasos pesados mientras se rascaba los brazos sin parar por encima de la chaqueta. No fue eso lo que le hizo reaccionar, porque se alegraba de ver a su hermana después de una semana, a pesar de la cara de no haber dormido en días, pero estaba bien, estaba allí, era lo que le importaba. No. Lo que hizo que el cuerpo se paralizase y pasara del frío a la sangre hirviendo de la rabia fue el chico que iba detrás de ella y que le rodeó los hombros en cuanto entraron en la cafetería.

—No deja de enviarme mensajes y estar todo el día encima de mí. Parece mi hermano, me tiene harta —le escucharon decir, pues tampoco estaban hablando precisamente en voz baja. Ninguno de los Velasco lo hacía.

—Vir siempre ha sido así, un grano en el culo. Ni caso —contestó Mario y empezó a apretarle los hombros como si le hiciese un masaje. Aitana rio entre dientes y bufó, se estaba ruborizando. Sonreía de la misma forma que cuando veía a sus *idols* en la pantalla del ordenador.

Aitor comenzó a temblar y, por consiguiente, Pedro también. Odiaba a Mario. Odiaba su estúpida melena negra de *skater* de los noventa, su risa de burro, que estuviera tocando a su hermana después de decir lo que haría a las chicas de su clase, la forma en la que le dijo que Carla le ponía con su «rollito de gótica cachonda». Tenía que levantarse y decirle cuatro cosas o pasárselas por el forro y directamente meterle un puñetazo en la boca. Golpeó el cuerpo de Pedro desde dentro para abrirse paso.

—Aitor… —suplicó Pedro, agarrándose a la mesa. Aitor le ignoró, quería derribar el muro y correr hacia Mario como un toro en los Sanfermines, furioso y confuso.

Germán llevaba una bandejita con un refresco y unos cruasanes cuando se detuvo al ver cómo Pedro casi tumbaba la mesa de un empujón al ponerse de pie. Aunque ya no era Pedro, Aitor había tomado el control, él solo podía hablarle desde atrás para que se calmase y no hiciera ninguna tontería. Intentaba sonar autoritario, pero era más una imploración.

«Aitor, hay mucha gente, no vas a conseguir nada más que asustarlos a todos».

Pero solo le importaba Aitana, que no era fácil de intimidar. Cuando se acercó a ella, arrastrando consigo algunas mesas vacías por el camino —joder, qué difícil se había vuelto caminar de repente—. Cuando le reconoció, arrugó la nariz con la barbilla alzada.

—¡El loco del otro día! ¿Qué haces aquí?

—¿Te molesta, Aiti? —preguntó Mario, inflando el pecho y poniéndose delante de su hermana con los puños apretados y los brazos algo separados de su cuerpo, para parecer más grande.

Pedro se amedrentó, pero Aitor apretó la mandíbula con un resoplido.

—¿Aiti? ¿Se te han acabado las ideas para conseguir que las chavalas que te rodean suenen a niñas pequeñas o qué? —espetó. Mario se encaró más, quedaron casi pegados. Aitor sonrió de lado, mirando hacia arriba, pero sin acobardarse—. ¿También me quieres dar un besito a mí?

Aitor no era atlético, musculoso o ágil. Iba de macarra, pero se había metido únicamente en una pelea. Y había salido mal parado. Sin embargo, tuvo el privilegio de ver cómo Suso le metía un puñetazo a Mario cuando se puso farruco, antes de dejar de ser amigos. Sabía perfectamente cómo iba a iniciar la pelea: por alguna razón, le gustaba meter cabezazos en el pecho, como si fuera un toro salvaje. Menudo flipado.

Aitor contaba con otra ventaja, que el cuerpo de Pedro era más fuerte y grueso que el suyo. Cuando Mario siseó entre dientes apretando los puños y agachándose para arrollarlo, Aitor le cogió de las sienes con ambas manos. Bufó al sentir parte del golpe, lanzó al chico hacia una de las mesas para esquivarlo. Aturdido, Mario se tropezó con una de las sillas y cayó de culo. La socia de su tía gritó, asustada, y Aitana corrió hacia el chico, lanzándole a Aitor la mirada más envenenada que pudo dibujar en ese rostro que se burlaba de él, se reía y lloraba, frustrada, pero nunca le había mostrado tanta hostilidad. Tanto odio.

A Aitor le pilló tan desprevenido que Pedro pudo aprovechar para tomar el control de su cuerpo de nuevo. Le hizo tomar asiento, ponerle la barra de seguridad y atar sus manos con cinturones a los reposabrazos. Aitor no luchó, porque odiaba a Mario, pero le dolía mucho más que Aitana no le reconociese y que sus ojos azules pareciesen querer ahogarle en un mar denso para siempre.

«Aitana, soy yo, tu hermano, no me mires así», pensó, pero no lo dijo ni dentro ni fuera.

Pedro miró a su alrededor por un segundo, recuperando la respiración. La mujer tras el mostrador se tapaba la boca. Los clientes miraban, entre curiosos y vacilantes, uno de ellos ya se había puesto de pie para ponerse entre los dos. Germán aún estaba de pie, con la bandeja en las manos, los ojos muy abiertos y sin poder cerrar la boca. Cuando se giró, Mario ya se estaba preparando para atacar de nuevo, a pesar de la mano en el abdomen con la que Aitana pretendía pararle. Pedro se humedeció los labios y alzó las manos en señal de paz.

—P-perdón. —Fue lo único capaz de titubear y salió corriendo del local, sin mirar atrás, sin despedirse de Germán y, desde luego, sin pagar la cuenta.

—¡Eso, y no vuelvas!

Fue Mario el que lo gritó y Aitor agradeció que, al menos, no hubiese sido su hermana la que hablase, pero sintió como si no fuera a pisar La Divina Tragedia en cuerpo y alma nunca más.

La vuelta a casa fue silenciosa, en metro y con Pedro jugueteando con los botones de su camisa, nervioso. Aitor no sabía qué decir, no sabía si pedir perdón o simplemente cagarse en todo y mandar a la mierda todo ese asunto de compartir dos almas en un mismo cuerpo. En esos momentos, pensó muchas cosas. Unas, llevadas por el miedo de la mirada de Aitana, otras, por la rabia de ver a Mario en su casa con el brazo encima de su hermana. Todas llevaban al mismo sitio: la desesperación por estar atrapado.

A pesar de todos los nervios a flor de piel, no pudo evitar fijarse en una cosa. Pedro no estaba enfadado, avergonzado ni triste. Solo se miraba en el cristal de enfrente, dentro del vagón, y Aitor intentó descifrar su rostro borroso en el reflejo. El semblante serio, los párpados caídos. El cuerpo era de Pedro y los sentimientos eran de Aitor, a no ser que esa preocupación diluida que le presionaba a la altura de la garganta fuese compartida.

Una vez llegaron a casa y cerraron la puerta tras ellos, en un silencio total de un hogar vacío, Pedro soltó todo el aire de los pulmones en un suspiro largo, profundo, que le vació por dentro y le hizo bajar los hombros, aunque aún le doliesen por la tensión. Aitor sintió un agujero a la altura del estómago.

«Lo siento», comenzó en un susurro entre dientes. Pedro cerró los ojos, así que no vio nada. El chico siguió hablando y estaba seguro de que era la primera vez en mucho, muchísimo tiempo que estaba avergonzado de verdad. «Por todo, por joderte la cita con Germán y por querer meterle el bote de las propinas por el culo a Mario con tu cuerpo».

Pedro rio con un ronquido y abrió los ojos.

—Es igual —dijo, encogiéndose de hombros—. Germán no me gustaba tanto, solo… pensaba que era guapo, nada más, no creo que hubiera pasado nada entre nosotros. Pero la experiencia ha sido divertida.

«¿En serio?», preguntó Aitor incrédulo. Pedro se volvió a encoger de hombros y el chico se preguntó si le habría roto por todo el tiempo que andaba dentro de él. «¿Eso es todo? ¿No me vas a echar la bronca por haber hecho lo que me ha dado la gana y montarte la escenita en público con tu cara?».

—No me ha gustado en absoluto lo que has hecho —contestó Pedro, tajante y frunciendo el ceño. Lo relajó a los pocos segundos—, pero es difícil enfadarse contigo después de todo lo que te han hecho sentir Aitana y Mario esta vez. No estoy de acuerdo, pero entiendo cómo te sientes. Literalmente. Así que no tengo ganas de discutir contigo.

Aitor no sabía cómo sentirse al respecto después de esas palabras, porque todo sonaba tan serio en la voz de Pedro que era como haber decepcionado a un padre. Pedro subió a su habitación y se tumbó en la cama con un suspiro. No encendió la luz de la lamparita de mesa a pesar de que el cielo se oscurecía a través de la ventana. Tenía el cuerpo tan entumecido como si hubieran estado haciendo ejercicio todo el día. A Aitor le cosquilleaba cada centímetro de su ser, como esas veces que estaba tan enfadado que se metía bajo las sábanas con un gruñido y golpeaba la almohada concentrando en ella todas sus frustraciones. Pero ahora ni eso podía hacer, no podía mover ni un solo centímetro de ese cuerpo sin que afectara a otra persona. Solo podía observar ese techo en el que no estaban las estrellas de gel que había pegado con su tía hacía años. A veces Aitana se tumbaba junto a él hasta que perdían toda la fluorescencia.

«Esto es una mierda, es que ni siquiera es que no pueda hablar con mi familia directamente, que también», empezó con toda la exasperación haciéndole remolinos en la boca del estómago. Sabía que, ahora que lo había dicho, no iba a poder parar de vomitar palabras, de desahogarse con la vista —los ojos— de Pedro clavados en la lámpara del techo sin parpadear. «Es que no puedo hacer nada, ¡nada! ¡Me estoy poniendo de una mala hostia terrible y no hay nada que pueda hacer para calmarme! Ni comerme una Pantera Rosa, ni beberme una cerveza, ni fumarme un cigarrillo… ¡Ni siquiera cascarme una triste paja! Y estoy harto, hasta la polla, pero no hay nada que pueda hacer porque, aunque supiera cómo volver a mi cuerpo, lo mismo me mato en cuanto vuelva a él. Esto es una putísima mierda».

Lo bueno era que ni siquiera tenía que detenerse para coger aire, pero Pedro estaba igualmente acelerado. Quizá el enojo de Aitor le estaba afectando. El chico entrelazó las manos a la altura del regazo y tragó saliva. Supo que iba a decir algo, pero no había nada que Pedro pudiese aportar para calmarle o animarle en esos momentos.

—Bueno… hay una de esas cosas que sí puedo hacer.

Aitor tardó unos segundos en comprender a qué se refería. Al principio pensó que se estaba ofreciendo a comer una Pantera Rosa, pero no podía ser, Pedro las odiaba. Se estrujó los sesos, lo único que tenía sentido en esa lista de cosas era...

«¿Lo dices en serio?».

Su voz no era incrédula o asqueada, más bien sorprendida, unas octavas más aguda de lo que debería. Pedro se encogió de hombros y, a pesar de lo sereno que parecía, el corazón se le desbocó como un tren que había descarrilado, las mejillas quemaban, era como si una hoguera se hubiese encendido en ellas.

—No eres el único que se ha quedado sin privacidad esta semana, han pasado muchas cosas y uno tiene... sus necesidades. ¿Cómo es lo que dijiste ayer? Hoy por ti, mañana por mí. —Volvió a tragar saliva e hizo una mueca, desviando la mirada, aunque el otro chico no estuviera frente a él para mirarle—. Da igual, sé que es una tontería.

Se quedaron en silencio, lo único que se escuchó fue el suspiro profundo y cansado de Pedro. Aitor no pudo diferenciar de quién eran los latidos del corazón, pero tenía clara una cosa: no le parecía tan mala idea. En absoluto. No después de pensar que sería Pedro el que lo hiciese todo.

«En ningún momento he dicho que no lo hagas».

Ese silencio aún fue más largo que el anterior, casi tangible y pesado. Una sensación de anticipación que se saboreaba en el paladar. Aitor se estremeció cuando Pedro se acarició el pecho por encima de la camisa con las uñas, distraído, desabotonando la camisa con lentitud.

Aitor era más bruto en esos momentos. Ni siquiera lo pensaba antes de meterse las manos en los pantalones para desestresarse cuando tenía que estudiar para un examen o cuando estaba pensando en la chica guapa de una serie que había estado viendo antes de dormir. Esa vez, sin embargo, solo podía pensar en Martiño Rivas.

No porque fuese su elección, principalmente, pero mientras Pedro se desabrochaba los pantalones y miraba hacia abajo, hacia la camisa entreabierta, recordó los músculos que había visto de reojo en el espejo. Cómo le recordaba a ese actor que tanta curiosidad le daba de pequeño. Pensó en cómo Pedro cerraba los ojos y se acariciaba, en los suspiros que le erizaba una piel que en esos momentos no tenía, y entonces se dio cuenta. No le hizo falta pensar en nada ni nadie más, porque la sola idea de que fuese Pedro quien estuviera haciendo esto le excitaba.

Las yemas de los dedos sobre la piel del torso de Pedro, la otra mano subiendo y bajando. Era Pedro y al mismo tiempo era él mismo. Cada escalofrío venía de su compañero, pero pasaba por su alma. Se les cortó la respiración, pero solo lo hacía uno solo.

Eran dos almas y un solo cuerpo; una sensación y dos suspiros. Cuando Pedro llegó al final, el estallido, la electricidad y el espasmo eran tan compartidos como el calor al cogerse de las manos.

Pedro aún se estaba recuperando, jadeando con pesadez y el corazón queriendo saltar de la rendija entre la camisa abierta. Aitor no tenía que respirar, pero notó que le faltaba el aire, que se le erizaba cada célula y le ardían las mejillas. Una fina capa de sudor en la frente. Solo quería salir de ahí y besarle, besarle, besarle hasta que se le grabase con fuego a qué sabía. Abrazarle, abrazarle, abrazarle hasta que no hubiera átomos entre ellos, hasta que volvieran a ser uno solo.

Pero la euforia solo duró unos segundos. Después, vino la vergüenza. La confusión. El no poder huir de la situación para poder pensar durante unos segundos, con tranquilidad y sin estímulos alrededor.

Aitor tenía muchas preguntas, pero todas estaban mezcladas con los pensamientos de Pedro y no sabía cómo tirar de las suyas para diferenciarlas. Así que no dijo nada, como si de verdad fuese un fantasma, mientras Pedro se ponía de pie para lavarse las manos, la cara y ponerse el pijama.

Volvió a cerrar los ojos cuando se cambió de ropa, aunque no hiciera falta, porque Aitor ya había visto todo lo que tenía que ver, pero, aun así, ambos estaban incómodos. Como si se hubieran vuelto a conocer esa noche.

No hubo ninguna charla antes de dormir, pero dentro de ellos no hubo forma de callar sus pensamientos durante horas.

13

Era lunes y ambos habían hecho como si no hubiese pasado nada el sábado por la noche, habían llegado a un acuerdo silencioso de no volver a sacar el tema nunca más entre ellos. Aitor no le molestó mientras hacía los deberes. Era lunes y, de nuevo, Aitor tenía unas ganas inusuales de ir a clase solo para volver a ver a Aitana, si es que la encontraban.

Era lunes y Pedro hizo lo impensable. Compró una bolsa de Panteras Rosas antes de entrar en clase.

«¿Estás seguro de que quieres hacer esto? Mira que los químicos podrían matarte...», bromeó y Pedro esbozó una mueca de asco, torciendo la boca y casi sacando la lengua.

—Solo voy a... probar uno, pero probablemente regale los demás.

Aitor rio, pero tenía que admitir que el simple gesto hacía que se le derritiesen las rodillas, que un calor parecido al de anoche se le instalase en el estómago. Y, en cuanto volvieron las imágenes mentales, ambos pensaron lo mismo: «olvida eso».

Pedro le dio un mordisco, inseguro, apenas masticando el bollo dentro de la capa dulce de... ¿qué era? ¿Azúcar o chocolate blanco con colorante rosa? Ni idea, pero mientras que Aitor sintió un estremecimiento como si los ángeles le hubiesen rascado la espalda, Pedro tosió y escupió el pedazo. Era extraño, sus papilas gustativas no sabían decidir si les había encantado o sabía a mierda.

—Nunca más...

«¡Pero si ni siquiera has llegado a la parte de la cremita, que es la más rica!».

—Ni pienso hacerlo.

Aitor suspiró cuando Pedro envolvió el resto del bollo y lo tiró a una papelera en la puerta del instituto.

«Bueno, fue bonito mientras duró».

En el fondo, Aitor agradeció que Pedro hubiera hecho el esfuerzo de probarlo. Quería pensar que era porque quería animarle después del episodio en la cafetería de su tía, y no porque...

¿Por qué?

No, prefería no pensarlo. Si no pensaba en músculos, caricias y suspiros que le estremecían hasta lo más profundo de su ser, no existía.

Pedro se fijó en su alrededor cuando entraron. En el grupo de amigos de Aitana que Aitor le señaló —y en el que curiosamente no estaban ni Aitana ni Mario—, en la cafetería y en las salidas de los cuartos de baño —porque Pedro se negaba a entrar al de chicas—. Cuando sonó el timbre para entrar en la clase del señor Gutiérrez, Aitor lo tuvo claro:

iba a pasar otro día más sin ver a su hermana y sin saber si estaría alrededor de ese indeseable.

—¿Tus amigos suelen saltarse la primera hora?

La pregunta le pilló desprevenido y lo pensó durante unos segundos.

«Pues… nos cuesta arrancar los lunes, así que normalmente nos vamos a comprar el desayuno al Mercadona o a fumarnos un cigarrito a las obras de al lado. Aunque teniendo en cuenta lo que pasó, no creo que los cabrones vuelvan a acercarse a los andamios», dijo, notando cómo Pedro había dejado de caminar y estaba considerando algo, pero no sabía el qué. «¿Por qué lo preguntas?».

Se encogió de hombros.

—Podemos acercarnos y ver si están allí, así les preguntamos si saben algo de Aitana.

«Espera, ¿de verdad estás pensando en saltarte una clase?», preguntó Aitor entre impresionado y divertido. «¿Estás seguro? El Gonzalo es capaz de llamar a la policía si ve que su alumno favorito llega diez minutos tarde a su clase».

—Sobrevivirá. Además, voy muy adelantado con el trabajo que se supone que se tiene que hacer entre dos personas, así que no creo que le importe que no vaya un día.

Pero Aitor podía sentir el arranque de adrenalina y miedo cuando el chico se dio la vuelta para dirigirse hacia la salida del instituto, con la cabeza agachada y mirando a los lados como si intentase colarse en un banco. Le costaba pensar que el mismísimo Pedro Parra —sí, por fin se había aprendido su apellido— fuera capaz de hacer pellas. Por un lado, le daba pavor pensar en el motivo real por el cual lo hacía. Por el otro, también se lo daba que le afectase tanto hasta que sintiera una calidez extraña en todos los rincones del alma.

Sus amigos se encontraban en la puerta del Mercadona, pero el supermercado aún no había abierto, faltaban unos diez minutos para que eso pasara. Así que se frotaban las manos con los pitillos recién encendidos entre los dientes. Vir sonrió al ver a Pedro acercarse a ellos, jugueteando con las asas de su mochila. A Aitor le dio un *déjà vu*.

—¿Con quién tenemos el placer de hablar hoy? —preguntó la chica. Aitor bufó.

«Dile que tiene cara de culo en esta bella mañana de lunes, que se quite las legañas».

Pedro se humedeció los labios para que no se le notase la sonrisa. Abrió la mochila y sacó la bolsa de Panteras Rosas abierta. Los chicos se quedaron contemplando los bollos como si su amigo se encontrase allí.

—Buenos días. Por algún casual no tendréis noticias de Aitana, ¿verdad?

Vir y Carla se miraron mientras que Alberto se cruzaba de brazos y Suso fingía mirar el móvil con cara de susto. Aitor comenzaba a hartarse un poco de lo obvios que eran sus amigos. Mierda, ¿él también era así de transparente cuando estaba con ellos?

—Pues nada desde que me bloqueó porque, aparentemente, estamos todo el instituto compinchados para joderle la vida. Sus palabras, no las mías —dijo Vir, soltando todo el humo en una calada, cogiendo la bolsa y ladeando la cabeza con las cejas juntas—. ¿Qué has hecho, Aitor?

«¡Lo que tenía que hacer!», se quejó y supo que, si pudiera, se hubiese cruzado de brazos con un mohín, refunfuñando y espatarrándose sentado en el suelo. Sabía que tenía la razón y le daba igual lo que cualquiera pudiera decirle.

—El sábado fui a La Divina Tragedia. Vimos a Mario con Aitana, así que Aitor controló mi cuerpo unos minutos y… digamos que no fue demasiado amable con él.

«Y bien orgulloso que estoy de ello».

Pedro torció los labios y los otros chicos se miraron entre ellos. Alberto chasqueó la lengua, murmurando un «hay que ser idiota», mientras Suso rehusaba mirarle, como si le diese miedo entablar contacto. Probablemente fuese el caso, teniendo en cuenta lo cagado que era con las películas de miedo. Aitor pensó en lo gracioso que hubiese sido poseer su cuerpo y asustarle todas las noches antes de irse a dormir.

Aunque no se arrepentía de estar en el de Pedro. No a esas alturas.

—Aitor, tío… —dijo Vir, suspirando mientras se frotaba los párpados cerrados con la mano que no agarraba el cigarrillo—. Lo único que estás consiguiendo es que Mario tenga motivos para hacerse el buena gente mientras que los demás parecemos unos histéricos que se la tenemos guardada.

Aitor quiso preguntar qué suponía que tenía que hacer si no, que no iba a dejar que su hermana anduviera con un pavo así. Pero Carla se interpuso entre ellos y Pedro se quedó mirando los ojos oscuros con algo de respeto. Sintió como si les estuviera leyendo ambas mentes al mismo tiempo.

—Lo único que puedes hacer a estas alturas es intentar volver a tu cuerpo. Lo sabes, ¿no? Cuanto más tiempo pases aquí, más difícil será.

Pedro parpadeó, pero Aitor no podía quitarle la vista de encima. Sí, lo sabía. No le estaba diciendo nada nuevo, nada que no supieran o que no hubiesen discutido antes, pero la segunda parte... le hacía sentir como un ultimátum. Si Aitor no volvía pronto, estaría perdido en un limbo eterno.

«¿Y si sale mal?».

—¿Y si sale mal?

Las chicas bufaron, divertidas. Alberto puso los ojos en blanco y Suso sonrió con timidez. Fue Vir la que habló, tirando la colilla al suelo.

—Venga ya, estamos hablando de Aitor. Solo por lo cabezón que es, sería capaz de levantar a un ejército de muertos entero con tal de volver con su hermana.

No estaba diciendo ninguna mentira, Aitor cruzaría un océano entero a nado y con un bañador que le congelase los huevos si eso le aseguraba encontrar a Aitana sana y salva en el continente contiguo. Vir le tendió una mano y Pedro se quedó mirándola sin comprender. Por un segundo pensó en estrechárselo y eso hizo que el otro chico se riese para sus adentros.

—Dame tu móvil, anda. Si me entero de algo más de Aitana, te mandaré un mensaje.

Pedro le tendió el cacharro casi prehistórico con algo de duda y dejó que Vir escribiese su número, guardándose con su nombre y el *emoji* con el gesto de victoria como apellido. La chica le apretó el brazo y él alzó la mirada para encontrarse con una sonrisa triste, melancólica.

—Vuelve ya, tío, que te necesitamos.

Aunque fuese Pedro el que tragó saliva y asintió, Aitor se había quedado paralizado, pensativo, digiriendo las palabras como si la forma de comunicárselo hubiera abierto unas nuevas puertas dentro de él.

El metal de las rejas del Mercadona chirrió al levantarse y Vir le dio unas palmadas en la espalda al chico que le hicieron sobresaltarse.

—¿Te vienes? Ya que no has ido a clase, por lo menos aprovecha esta hora para desayunar con nosotros.

Lo consideró durante unos segundos, jugando con las asas de su mochila, nervioso. No tenía sentido ir al instituto y esperar en la puerta como un alma en pena hasta que sonara el timbre, así que sonrió, asintió con la cabeza y, con timidez, siguió a los demás, quienes ya iban discutiendo si los Chocapic eran mejores que los Choco Krispies. Lo de todas las mañanas.

Allí, desterrado al asiento de atrás del simulador, Aitor se sintió más solo que nunca mientras veía cómo Pedro se reía con suavidad de las bromas de sus amigos.

Esa noche, al finalizar los deberes, Pedro podría haber jugado al *League of Legends*, ponerse al día después de haber ignorado a sus amigos durante un fin de semana entero. Sin embargo, abrió Netflix y siguió viendo esa serie de los robots y la profunda depresión con Aitor.

Lo malo de ese visionado era que, aunque le impresionaban los colores, las peleas y la fluidez de la animación como como si fuera un niño pequeño, se trataba también de una serie demasiado… densa. De la que hacía que le pesaran los hombros y el pecho de tanto pensar, como si se le hubiera sentado alguien encima. O quizá Aitor llevaba todo el día reflexionando sobre el mismo tema y solo en ese momento de tranquilidad, con las manos calientes de Pedro sobre el regazo y el sonido de su respiración, se había permitido inundarse aún más en sus pensamientos.

Aitor nunca había sido una persona abatida, de las que se regodeaba en sus miserias. Primero, porque no se lo permitía, lo cual probablemente no era lo más sano, pero hasta la fecha le había servido. Sí que había tenido algún lapso de dejarse llevar por el mantra interno de que nadie le iba a echar de menos si desaparecía, que todo el mundo iba a estar mejor sin él, pero ahora…

Ahora no lo tenía tan claro. No era tan fácil desaparecer. No era tan fácil dejar que Nadia llevase sola la cafetería, ver cómo sus amigos se graduaban sin él, dejar que Aitana tomase las decisiones incorrectas. Porque claro, su hermana era libre de equivocarse, pero qué difícil era ignorarlo cuando sabía que podía estar junto a ella, apoyándola en esos momentos.

Pedro pausó el capítulo y eso fue lo único que le sacó de su ensimismamiento.

—Si quieres, podemos dejarlo.

Aitor se preguntó cómo sabía que estaba rayado, entonces recordó que, por suerte o por desgracia, estaban demasiado conectados.

—No, es que llevas dos capítulos sin hablar de lo buena

que está Misato y sin hacer ninguna broma sobre meterse en cuerpos de otras personas y robots.

Aitor resopló, pero sonrió. Como pudo.

«Me acabas de demostrar que sí que me estabas cotilleando».

—Solo ahora —replicó Pedro, rascándose la nariz, avergonzado. Como si así pudiera tapar su sonrojo.

Aitor intentó que su voz sonase tan jovial como esperaba para ocultar que hacía tiempo que su mente estaba muy lejos de allí.

«Es un poco difícil no sufrir una crisis existencial viendo esta serie, todo sea dicho».

—Ya, la primera vez que vi el final, me pasé toda la noche llorando.

«Pero eso es porque eres un moñas, seguro que lloras hasta con los dibujos de *Bob Esponja*».

—Eres un idiota —espetó Pedro con el ceño fruncido y aún más ruborizado, pero con un atisbo de cariño en sus palabras. Por un segundo, Aitor rio porque le hacía mucha gracia pensar que pudiese haber dado en el blanco, que ese chico realmente se emocionaba con *Bob Esponja*. Pedro carraspeó y siguió hablando, probablemente para que Aitor no pudiera indagar en ello. Cómo le tenía calado—. ¿Quieres hablar del tema?

Aitor se concentró en lo suaves y reconfortantes que eran las manos de Pedro entrelazadas sobre sí encima de la mesa, cómo jugueteaba dando vueltas con los pulgares entre ellos. Se preguntó si podría quedarse en ese segundo para siempre, en ese movimiento tan sutil y que le calmaba como una madre frotándole la espalda a su hijo mientras le abrazaba, aunque Aitor ya casi no se acordaba de esa sensación, ¿y por qué tenía que ponerse tan melancólico en ese momento? Pedro detuvo ambos pulgares y Aitor se maldijo mentalmente. ¿Quería hablarlo? ¿Quería vomitar palabras? La última vez que lo hizo, acabó con Pedro metiéndose las manos en los pantalones. No creía que esta vez esa maniobra de distracción le sirviese a ninguno de los dos.

Pedro volvió a mover los pulgares y Aitor soltó todo el aire de sus pulmones. Fue entonces cuando se fijó en que el cuerpo del chico era el que lo estaba haciendo, al que se le había acelerado el corazón y le temblaban los brazos. Al que le empezaron a dar sudores fríos tanto en las manos como en la espalda. Se preguntó si a Pedro le estaba dando un infarto. ¿Debería preocuparse?

—Te está dando… un ataque de ansiedad —susurró Pedro con la voz temblorosa como si tuviese frío—. Está bien, no te preocupes. Estoy contigo.

Aitor no entendía nada. Primero, porque estaba seguro de que le habían dado ataques de ansiedad con anterioridad, cuando le dijeron que sus padres habían sufrido un accidente de coche, pero recordaba que se había echado a llorar y ya estaba, no había sido nada gradual ni le había faltado el aire ni exudaba sudor como si fuera un pulpo escupiendo tinta.

Tampoco lo entendía porque no era para tanto. ¡No lo era! Si le hubiera dado un ataque, había sido cuando apareció en el cuerpo de Pedro, no ahora, viendo *Evangelion*. ¿Por qué iba a tener un ataque de ansiedad? ¿Solo porque de repente su propia existencia se le hacía más pesada y la posibilidad de desaparecer para siempre y morir sin poder hacer nada para evitarlo se hacía más evidente?

Los ojos de Pedro se inundaron de lágrimas y se ahogó al jadear. Vaya. A lo mejor sí que estaba sufriendo un ataque de ansiedad.

El chico se secó las lágrimas bajo las gafas, carraspeó y, sin apagar el ordenador ni cerrar las ventanas del explorador, se puso de pie para tumbarse en la cama. Cruzó los brazos sobre el pecho cual vampiro y empezó a frotar las manos por encima de la tela, cogiendo aire por la nariz y expulsándolo por la boca. Pedro cerró los ojos y Aitor pudo concentrarse en su respiración, en cómo lo que parecían caricias le reconfortaban. Se le había helado todo el cuerpo, entumecido los músculos, pero las manos le devolvían algo de calor a través de la camisa del pijama. Pedro era tan estoico por fuera y tan suave por dentro... ¿Tenía sentido? ¿Sonaba estúpido?

—Cuéntame sobre Los SFX —susurró Pedro y descolocó a Aitor por un segundo—. ¿Cómo los conociste?

No se esperaba esa pregunta en absoluto, pero lejos de extrañarse más, Aitor estaba encantado de tener otra excusa para hablar de su grupo favorito.

«Estaba con Vir en Callao, acabábamos de salir de la Fnac porque estábamos comprando los regalos de Navidad... un puto ojo de la cara todo, por cierto», dijo y Pedro se rio entre dientes, tan leve como un suspiro. «Entonces un grupo de música empezó a tocar frente a los cines. Llevaban máscaras de Halloween y cantaban sobre lo rápido que se nos olvidaba el otoño, el hermano mediano de las estaciones. O algo así, en boca de ellos tiene más sentido. Vir y yo nos quedamos hasta el final del concierto y entonces desvelaron que se llamaban Los SFX. Algunos aplaudían la hostia de emocionados, pero nosotros no entendimos nada, así que cuando volvimos a casa nos pusimos a buscar información sobre ellos. Y supongo que desde entonces estamos obsesionados».

—Qué recuerdo más único. —Notó la sonrisa a pesar de tener los ojos cerrados—. No me extraña que os gusten tanto.

«Me gustan por… por eso, ¿sabes? Porque cada uno de sus conciertos es como una experiencia aislada que solo puedes vivir en un momento concreto».

—Yo creo que no tengo nada así. Nunca he experimentado nada extraordinario e irrepetible —susurró antes de abrir los ojos y observar el techo vacío, sin estrellas—. Solo contigo.

Aitor no supo cómo tomarse el vuelco que le dio al corazón en ese momento, pero sentía que el alma le sonreía.

«Vaya, me alegro de ser la única excepción».

Pedro cogió aire. Volvían a respirar con la normalidad propia de estar tumbados en la cama.

—Parece que, últimamente, eres la única excepción para todo.

El chico bajó las manos para entrelazarlas a la altura del pecho y Aitor pensó, por un segundo, que ojalá cinco de esos dedos fueran suyos. Los sentía como si lo fuesen, pero quería poder apretar la mano de Pedro, agradecerle en silencio ese momento de calma, de paréntesis.

«Tú también te has convertido en mi única excepción en cosas que ni esperaba que pudieran serlo».

¿De quién eran los latidos al compás del cosquilleo que crecía en el pecho como efervescencia? ¿Quién había empezado? Daba igual, porque Aitor no iba a negar que fuesen suyos. Pedro sonreía sin disimularlo, con las mejillas tirantes y los labios secos. Los apretó y cogió aire por la nariz una vez más antes de seguir hablando.

—¿Te sientes mejor?

Se permitió pensarlo un par de segundos, estar en contacto con las emociones de ese preciso instante. Solo había incandescencia dentro de ellos. Tenía las mismas preocupaciones, pero al menos Pedro las había arrullado como a un gato enfadado y arisco. Ahora solo ronroneaba.

«Sí, mucho mejor. Gracias por todo».

Pedro ensanchó la sonrisa y las mejillas le tiraron aún más, una goma elástica a punto de estallar bajo la tensión.

—De nada. A veces yo también siento que quiero dejar de existir durante un tiempo. No morirme, solo… desaparecer —suspiró y se encogió de hombros—. Claro que no se puede hacer eso. Si te mueres, es para siempre. Así que no puedo permitirme fantasear sobre ello.

«Es lo que tiene morirse, que… te mueres».

—Ya sabes lo que quiero decir —dijo Pedro entre risas.

En realidad, Aitor no lo tenía muy claro, pero era posible que el chico tuviese más mundo interior del que él siempre había pensado, que las preocupaciones por mantener unas buenas notas y no decepcionar a sus padres le causaran una presión que, a veces, no era capaz de soportar. Por eso las pastillas y la necesidad de recrearse en una realidad donde dejaba de existir hasta que se sentía mejor para no tener que lidiar con ello.

Aitor pensó que era más o menos lo que le estaba ocurriendo a él. No estaba, no existía más que en la mente de Pedro. Un holograma individual y personal. Entre la vida y la muerte.

Y si te morías, lo hacías para siempre.

Aitor se centró en la luz de las farolas que entraba por las ventanas ahora que el monitor del ordenador se había apagado por inactividad. Formaban cuadrados en el techo. Unas puertas que atravesar.

«¿Sabes? Me alegro de haberte conocido, aunque sea así. Siempre he pensado que eras el típico empollón, repelente y cansino».

—Vaya, ¿gracias…?

«Pero me equivocaba. Qué gilipollas he sido», confesó Aitor con un suspiro y una sonrisa invisible y etérea, tan dulce como triste. «Eres la persona más interesante que probablemente he conocido y que ahora tengo en mi vida. O bueno, en parte de ella. Recuérdame que, cuando salga de aquí, te invite a comer una buena hamburguesa».

Pedro volvió a reír con una voz débil que se convirtió en un suspiro, avergonzado pero halagado, apretando la camisa en un puño. Se quedaron en silencio sin saber qué más decir, sin tener nada más que aportar a la conversación.

Aitor había decidido lo que iba a hacer y se sentía extrañamente relajado y ligero, vulnerable, como la noche después de recibir las notas. La página estaba llena de «suspensos» o «necesita mejorar», pero eso solo significaba que los exámenes habían terminado y que podría descansar, por lo menos, un par de semanas. Que podía olvidarse de todo e irse con sus amigos con la excusa de celebrarlo o ahogar sus penas en ello, ambas servían.

También recordaba lo que hacía la misma noche que le daban las notas, vaya que si lo hacía. Se aseguraba de encajar la puerta —porque en casa de su tía no existían los pestillos— y se daba un buen homenaje debajo de las sábanas.

No era uno de sus momentos más orgullosos, pero tenía que descargar la frustración de alguna forma y fumar asomado en la ventana del cuarto era demasiado arriesgado.

Pedro rio entre dientes; Aitor quiso morirse.

—¿En serio estás pensando ahora en... eso? ¿Tanto te excita hablar de comerte una hamburguesa?

«No, coño», contestó al segundo con algo parecido a un bufido.

Lo cierto era que sí, claro que lo estaba pensando. Solo que esa vez no necesitaba desahogarse, pero pensar en volver a hacerlo con Pedro hacía que notara cada centímetro de la piel del chico ardiendo hasta las yemas de los dedos, que juguetearon con las sábanas. Quería hacerlo porque era Pedro, porque esa era la principal razón por la que le gustaba tanto ahora y porque tenía diecisiete años, pero no sabía por cuánto tiempo.

«Pero, si fuese así... ¿pasaría algo?».

Pudo sentir la risa muriendo en su garganta, pero también los nervios subiéndole por la nuca.

—Nada, solo que demostraría que estás ca... caliente todo el rato.

«Puedes decir "cachondo", no me voy a chivar a tus padres».

Pedro se rio de nuevo, apenas un ronquido que demostraba lo mucho que le bombeaba el corazón por el pensamiento. Aitor supo que ambos tenían las mismas ganas de hacerlo. Ya había pasado antes, la línea se había cruzado hacía horas y la habían desgastado hasta que se había borrado. Podían echarle la culpa a las cosas que solo se decían por la noche y que solo se hacían por las hormonas, pero lo cierto era que no había más razón que querer sentirse otra vez. El chico cogió aire, cerró los ojos y lo único que Aitor pudo percibir fueron los dedos calientes y dubitativos por debajo de la camisa del pijama, acariciando el tirante del pantalón. Lo mucho que le gustaría que fuesen sus manos, sus labios, poder ver su expresión al acabar. Imaginó una sonrisa cansada y perezosa de labios entreabiertos y mirada perdida.

Tuvo que contentarse con eso, con pensar que en una realidad alternativa todavía podría ser posible. O más adelante. Tal vez. Una última esperanza. Tenía que serlo, porque a Aitor aún le quedaban experiencias que quería vivir y muchas de ellas tenían que ver con lo que estaba ocurriendo esa noche.

Después de unos minutos, Pedro recuperó el aliento entre jadeos, aunque Aitor solo sentía el calor. Ojalá también pudiera estar exhausto, con los brazos y las piernas hechas gelatina de plomo. Se levantó para limpiarse y lanzar un trozo de papel a una esquina. Los párpados le pesaron y cerró los ojos más segundos de lo que debería entre pestañeo.

«¿Vas a dormirte?», preguntó en un susurro, como si no quisiera espabilarle. Pedro hizo un ruido entre dientes.

—Probablemente —dijo antes de bostezar. Aitor chasqueó.

«Tío, ¿ni un achuchón ni un besito de buenas noches? Qué frío eres».

La risa de Pedro sonó a burbujas. Se giró para dejar las gafas en la mesilla, arroparse mejor y apoyar la mejilla en la almohada.

—Eres un idiota —respondió, frotándose un ojo con voz aún más ronca. Aitor se preguntó de quiénes eran las mariposas en el estómago—. Es raro, porque al principio me costaba más conciliar el sueño, pero desde que estás aquí me duermo enseguida.

«No sé si estás siendo un cursi o me estás llamando aburrido».

Pedro rio una última vez y apenas fue un jadeo, una respiración cortada. Se encogió sobre sí mismo, se acarició uno de los botones y sonrió.

—Buenas noches, Aitor.

El susurro le hizo estremecerse, grave y tranquilo. El chico se aferró a los últimos segundos de consciencia.

«Adiós, Pedro».

Sabía lo que tenía que hacer, porque no le quedaba otra opción. Así que antes de que las dos almas se sincronizasen en un profundo letargo, Aitor levantó la barra de seguridad, se desabrochó el cinturón y se levantó de su asiento.

No le quedaban excusas para no intentarlo.

Pedro soñó con pieles arrancadas y manos que intentaban alcanzarle en la oscuridad. No era el sueño más agradable que había tenido, pero tampoco de los peores. Solo le parecía curioso que, por primera vez en más de dos semanas, recordase sus pesadillas.

Se desperezó y se frotó los ojos, intentando acostumbrarse a la luz que entraba por las ventanas. Recordó que no había apagado el ordenador… Vaya, con todo lo que había pasado, se le había olvidado. Sonrió con los labios secos, recordando la noche pasada. Ya no se sentía avergonzado, solo esperanzado, esperando que se volviese a repetir. Se masajeó el puente de la nariz y, entonces, se dio cuenta de algo.

La cabeza le pesaba menos. Y el pecho. Y el estómago. Era como echar de menos un abrazo que ya no le rodeaba, una respiración calmada contra la piel del cuello. Sintió que se despertaba con una bofetada, abriendo mucho los ojos y sentándose en la cama de un salto, ahogando un jadeo. Se tocó el pecho, el abdomen, como si pudiera encontrar allí lo que estaba buscando.

Se humedeció los labios secos antes de susurrar con voz rasposa:

—¿Aitor?

Esperó unos segundos. El silencio le provocó un zumbido en la parte más interna de los oídos. Tragó saliva, apretándose la camisa. Estaba de broma. Probablemente ahora le soltaría un «¡que era coña, Pedro! Menudo careto has puesto». Pero la voz no volvió y la sensación de tener dos almas apretadas en un recipiente demasiado pequeño, tampoco.

Tembloroso, con los dedos como mantequilla mientras intentaba agarrar el teléfono móvil, se aseguró de no tener ninguna notificación nueva. Nada. Ningún aviso de que Aitor se hubiese despertado, o quizá Vir informándole de que algo extraño había ocurrido. Así que fue él, tragando saliva con la garganta ardiendo, quien abrió la conversación con la chica del símbolo de victoria en el nombre.

> Aitor ya no está aquí. Se ha ido.

Supo que, aunque esperase una respuesta, no le iba a decir nada que le consolase. Que si hubiera sabido algo del chico, ella ya se lo habría comunicado. Dejó caer el teléfono sobre el pecho, se quedó mirando al techo con el que ambos reflexionaban por las noches e intentó coger aire por los dos, pero no tenía forma de calmarse. Los ojos se le llenaron de lágrimas con una quemazón desagradable, unas manos le apretaron el cuello y no eran las suyas ni las de Aitor. Ese sentimiento de vacío, desesperanza y terror era suyo y solo suyo.

Por primera vez en semanas, Pedro se sintió completamente solo de todas las maneras posibles.

14

Era la primera vez que visitaba el hospital como Pedro en sí, y no como Pedro barra Aitor controlando su cuerpo a punto de provocar una escena que hiciera que tanto Nadia como Aitana no fuesen a guardar un recuerdo muy grato de su rostro. Vir y Pedro se encontraron en la puerta del edificio, una con los ojos rojos como si no hubiera parpadeado en horas, el otro con el rostro caliente por la carrera que se había pegado desde su casa, angustiado pero sin querer mostrarlo. Como siempre. Ya no tenía a nadie que pudiera indagar dentro de su cabeza de todas formas.

—¿Sabes algo? —preguntó Pedro nada más verla, pensando que habría recibido más noticias que él, pero la chica negó con la cabeza intentando recuperar el aliento y se le cayó el corazón a los pies.

—Solo... lo que me has dicho tú. —Jadeó antes de darle un golpe en el brazo para que la siguiera y salir corriendo hacia el interior.

Pedro odiaba los hospitales. Odiaba todo lo que le sacase de su zona de confort, eso era cierto. El olor a desinfectante y antibióticos le inundaba las fosas nasales de un modo poco agradable. Ahora era más sensible a cualquier estímulo, le molestaba más. Aitor le había servido de barrera todo ese tiempo.

¿Debía sentirse mal por pensar en Aitor como un elemento seguro en ese contexto? Le daría vueltas más tarde, ahora solo podía pensar en entrar en la habitación del hospital y ver si estaba bien, si había abierto los ojos azules, que no se había dado cuenta, hasta ese momento, de que echaba de menos, y si sonreía con esa cara de pillo. «Os he dado un buen susto, ¿eh? Me podéis usar como adorno para Halloween». Se estaba volviendo un experto en adivinar sus reacciones.

Cuando llegaron al pasillo, el corazón se le encogió al ver a Nadia hablando con Aitana, que gritaba con la voz rota. Su tía le pedía con un dedo en los labios que bajara el tono, Aitana bufó, dándose la vuelta con un golpe de coleta. La mochila le daba saltos en la espalda. Les lanzó una mirada envenenada a los dos chicos al cruzar a su lado y Pedro tensó todo el cuerpo, se sintió muy violento y ajeno a toda esa estampa.

Se acercaron a Nadia, que se masajeaba las sienes con cansancio. Cuando vio aparecer a Vir, el rostro se le iluminó, aunque la sonrisa no le llegara a los ojos y le cogió las manos.

—Buenos días, cielo. ¿Qué haces aquí? ¿No deberías estar en clase? —La mujer rio sin ganas—. Con lo que me ha costado convencer a Aitana de que no falte más al instituto…

Miró de reojo a Pedro, curiosa y recelosa. Sabía que estaba intentando acordarse de él. Sonrió como pudo, aunque sabía que había esbozado una mueca extraña. Vir se giró tan solo un segundo.

—Es Pedro, también es amigo de Aitor —aclaró la chica y Nadia pareció relajarse, ensanchando la sonrisa exhausta y triste. A Pedro le embargó una sensación cálida en el pecho que le subía por la garganta. Amigo—. ¿Cómo está? ¿Hay noticias?

Nadia apretó los labios. Fue solo un segundo, pero Pedro pensó que iba a vomitar el corazón, poniéndose en lo peor. Apretó los puños. Se calmó a sí mismo, pensando que no podría ser nada malo si Aitana había accedido finalmente a volver a clase.

—Anoche nos dio un buen susto… pero ya está bien, se encuentra estable. Es un luchador.

—¿Qué pasó? —preguntó Pedro, sintiéndole que le faltaba la voz.

Allí estaba, el momento en el que Aitor había decidido volver a su cuerpo. No le había dado las buenas noches, había dicho «adiós, Pedro» y en ese momento, cansado, relajado y medio dormido, no le había dado mucha importancia. Nadia negó con la cabeza y mantuvo la sonrisa como pudo.

—No os preocupéis por eso. Sigue dormido, así que no tiene sentido que os quedéis aquí, pasándolo mal. Si pasa algo te avisaré, ¿vale, cielo?

Se lo dijo a Vir, que asintió sin estar muy convencida y dejó que Nadia le diera un beso en la frente, a pesar de tener que ponerse de puntillas para eso. Luego, se giró hacia Pedro y le apretó la mano con ternura.

—A Aitor le hará mucha ilusión saber que cuidáis tanto de él.

Pedro intentó corresponderla, aunque de nuevo sus labios se desfiguraron en una mueca torcida, porque se sentía perdido. Más que cuando descubrió que había otra alma dentro de él, más que antes de que todo eso pasara. Como no pudo sonreírle, le acarició el dorso de la mano con el pulgar y deseó de todo corazón que Nadia tuviese razón.

Algún día, Aitor despertaría y sería el primero en reírse de todo eso.

Los días pasaron y el señor Gutiérrez cada día se inclinaba más veces sobre el monitor de su pupitre, arqueando las cejas y mirándole por encima de las gafas.

—Su trabajo es bueno, Parra, pero nada del otro mundo. Espero que no esté perdiendo interés en sus evaluaciones por alguna razón en concreto, sería una pena suspender a estas alturas del curso.

Pedro miró de reojo al asiento vacío de su lado, como casi siempre había estado, pero que había sido ocupado por última vez por Aitor. Apretó los labios y entrelazó los dedos entre sí.

—Me esforzaré más, señor.

El profesor asentía todas las veces que Pedro se lo prometía. Quería cumplir lo que decía, de verdad, pero nunca antes había tenido en su vida algo que le importase lo mismo —o incluso más— que sus notas. Tener un sobresaliente era menos satisfactorio sin una voz que le hiciera apuntes sarcásticos, chistes que Pedro fingía que no le hacían gracia. ¿Se habría dado cuenta Aitor de eso?

Aunque no volviese a hablar nunca más, se contentaría con tenerlo junto a él, bostezando sin taparse la boca y con la mirada perdida en alguna parte de la pizarra, con tal de saber que estaba bien.

Correr por las mañanas le costaba menos. Respiraba mejor, concentrado en la música y el camino del parque que se sabía de memoria. Nadie le decía entre acordes que se parase a acariciar a ese perro, o que menudos muslos tenían los corredores que pasaban junto a él. «Respetuosamente lo digo, ¿eh? Todo desde el respeto», remarcaba y luego comenzaba un monólogo sobre la gracia que le hacía la gente que insultaba y luego añadía «pero con respeto te lo digo», como si eso arreglase cualquier barbaridad que saliese de su boca.

Qué irritante le había parecido y cómo lo echaba ahora de menos.

Su abuela Herminia se dio cuenta de que estaba raro, de que ahora el café le sabía más sabroso y no tan desagradablemente amargo y que odiaba que fuera así. No exactamente, claro, pero todo lo que tenía de anciana, lo tenía de sabia.

—Hijo mío, ¿qué ha pasado? —preguntó, poniendo una mano sobre la suya, con la que agarraba el asa de la taza con fuerza, intentando olvidar—. Estás mustio, con lo contento que parecías la semana pasada…

Apretó los labios. ¿Lo había estado? ¿Tanto le había cambiado la vida Aitor? La intrusión, la experiencia paranormal más bizarra que probablemente iba a tener en la vida. Cogió aire, se colocó las gafas y miró a su abuela de reojo, porque a pesar de ser la persona en el mundo en la que más confiaba, le seguían dando vergüenza esos temas.

—Abuela… ¿crees que puedes enamorarte solo de una voz?

Su abuela arrugó aún más los labios y los transformó en una sonrisa que encendería chimeneas para acurrucarse en las noches frías.

—Ay, ¿hablas de esos amigos de la web? Yo es que no me entero de esas moderneces… pero mientras conozcas a esa persona, no importa que solo te hayas enamorado por su voz.

Pedro movió los dedos bajo la mano de su abuela. No sabía si empezaba a arrepentirse de haber sacado el tema.

—Esa es la cosa, ¿y si no le conozco tanto? ¿Cómo se sabe… si me puede gustar alguien? ¿Si no es solo una fantasía mía que me haya creado?

Se estaba poniendo nervioso, lo sabía por la cantidad de preguntas que hacía, cuando normalmente las guardaba para clases y no para indagar sobre su —carente y extraña— vida amorosa. Herminia le soltó la mano y Pedro intentó respirar con normalidad, dándose cuenta de que el color se le había subido a las mejillas. Su abuela agarró la cucharilla y removió el café, haciéndola tintinear contra la taza.

—Creo que no lo sabes… pero conocí a tu abuelo en unas fiestas del barrio. Nunca había hablado con él, solo le conocía de vista. Me invitó a bailar y empezamos a salir esa misma noche.

Pedro resopló, divertido. No, esa historia no se la sabía.

—Qué descarada, abuela.

—¡Así era yo! —respondió la anciana con júbilo, sonriendo con la mirada perdida y un suspiro quebrado—. A veces hay que dejar que el amor cueza a fuego lento, pero, otras, empieza con una llama que arde con fuerza. Mientras sea buena persona, los tiempos no importan.

—Creo que sí lo es —susurró casi como para sí mismo. Recordó las ganas por proteger a su hermana, la forma en la que le hacía reír y cómo, a pesar de todo, intentó ayudarle con Germán. La sonrisa apareció tímida como las flores que se abren por la mañana—. Sí, diría que sí, lo es. Estoy seguro.

—Entonces, ¿por qué iba a importar el tiempo o la forma en que la conozcas? Al corazón le da igual esas cosas —apuntó, pero entonces le señaló con la cucharilla aún mojada de café, que manchó el mantel—. Eso sí, cuidado con las gentes malas de las webs, hijo, que ya sabes lo que me pasó con eso del teléfono…

—Tranquila, abuela —dijo Pedro, divertido y riéndose entre dientes. Menos mal que la estafa de la línea telefónica se quedó en un susto—, que yo manejo de esas cosas.

—Confío en ti, ya me contarás qué tal con ese chico.

Herminia le guiñó el ojo como pudo, aunque acabó pareciendo más un parpadeo con ambos. Pedro se quedó muy quieto, pero no pudo evitar la sonrisa orgullosa con la que quería romper a reír o a llorar. Cualquier cosa con tal de hacerse pedacitos.

No le había hecho falta decirle en ningún momento a su abuela que se trataba de un chico, pero se alegraba de no tener que darle explicaciones a la persona que más quería en el mundo.

Volver al hospital el sábado le parecía intrusivo, sobre todo porque le había preguntado mil veces a Vir si sabía algo más, pero la chica decía que no había noticias, que todo seguía como siempre. Que Aitor olía a cocido madrileño, pero nada más. Pedro rio por la respuesta, melancólico. Se notaba que Vir y Aitor habían crecido con el mismo humor.

Así que simplemente se dedicó a existir, a vivir mientras ojeaba el móvil cada dos minutos. Intentar estudiar con la sensación en la nuca de que alguien más estaba con él, pero no era así. Si Aitor les estaba haciendo una broma, que lo hiciese volviendo en cuerpo y alma, no en su cabeza.

Germán le escribió después de una semana de silencio. El chico frunció el ceño, observando las notificaciones de TikTok, y aunque dejó de respirar unos segundos, ya no tenía la misma reacción. Las mariposas no se le ponían violentas, no chocaban con las paredes del estómago. No le sudaban las manos ni pensaba en qué podría decir para impresionar a ese chico. De hecho, cuanto más lo pensaba, no sabía si había sido tanto admiración como ansiedad. Nervios por caerle bien, que no pensara que era demasiado aburrido. Con Aitor nunca había pasado eso, solo había sentido un cariño gradual, calma a pesar de que su cabeza estuviera abarrotada por él cuando le enseñaba algo nuevo. Podía reírse de ello porque era su mecanismo de defensa —en el fondo, Aitor era más simple que un botijo, como diría su abuela—, pero una vez que cogía confianza, el chico se unía a él. No intentaba fingir lo que no era a excepción de algunas interacciones bobas. Ahora, sabía que todas las veces que le había visto apoyarse en la pared con el cigarrillo entre los dientes —porque ya se había fijado en él antes de todo eso,

para qué engañarse— lo hacía por puro teatro. Un muro in-
ofensivo para que no se viese que detrás de ese macarra que
contestaba a los profesores haciendo el payaso solo había un
niño protector con chistes tontos que quería aparentar que
era más fuerte de lo que en realidad se sentía.

Suspiró, volviendo a la realidad. Cogió el móvil y lo desbloqueó. Quedarse atascado en el recuerdo de Aitor era
muy tentador, le transmitía paz, pero no podía permitírse-
lo demasiado.

> ha pasado una semana, creo que me debes una disculpa

> y un café

Suspiró. Al parecer Aitor tenía razón; hacerse el difícil funcionaba, pero solo con las personas equivocadas. Y probablemente Germán no era un mal tipo después de todo —a
pesar de los pensamientos que le había cazado a Aitor sobre
lo irritante que podía llegar a ser—, pero no tenían ninguna
química. Tampoco para ser amigos, probablemente. La única
vez que había captado verdaderamente su atención era porque Aitor le estaba ayudando o porque, como ahora, pensaba
que se estaba haciendo de rogar, y eso también tenía que ver
con el otro chico. Pedro rio entre dientes. A lo mejor eran
Germán y Aitor los que estaban hechos el uno para el otro.

No se permitió recrearse mucho en ese pensamiento porque hacía que le quemasen las mejillas y la boca del estómago, así que simplemente respondió un «lo siento» y dejó
el móvil a un lado, se masajeó las sienes y respiró profundamente por la nariz. Decidió no mirar más el teléfono a

no ser que se tratase de un mensaje de Vir. Porque le daba pánico, porque aún seguía evitando los problemas, aunque quería pensar que Aitor le había empujado un poquito a abrirse a los demás.

Quizá en un futuro, poco a poco, cuando Aitor volviese en sí y pudieran llevar una relación normal, ya fuese de amistad o... de algo más.

Pedro se frotó los ojos y encendió el ordenador con un carraspeo. Era hora de volver al *League of Legends*.

Sus amigos casi le montaron una fiesta cuando volvió a conectarse en el servidor. Luffy puso efectos de sonido de cohetes de fondo, Kyo silbó y tanto Tifa como Loona aplaudieron. Pedro rio, genuinamente contento por primera vez en días.

—¡Joder, Kamaru! ¿Dónde te habías metido? —preguntó Luffy y chasqueó la lengua—. Lo hemos pasado mal metiendo a guiris en nuestra partida para tener un *support* decente.

Sonrió con los labios apretados. Era agradable tener un sitio familiar y cercano al que volver y que siguiese estando en su casa. Un lugar dentro de otro lugar más frío, aséptico y solitario que, se suponía, debía ser su hogar.

—Habíamos quedado el sábado anterior, ¿no? —preguntó Kyo con un deje irritado y Pedro chasqueó la lengua.

—Dije que me uniría si me daba tiempo —respondió y se fijó en el silencio de varios segundos que le siguió, solo roto por el ruido del ventilador del ordenador y el crujir de las patatas que probablemente Loona estaba comiendo demasiado cerca de su micrófono. Suspiró—. Tuve una cita.

Como supuso, sus amigos comenzaron a hacer ruiditos parecidos a vítores y a una de las vecinas de su abuela enterándose de un cotilleo muy jugoso que solo podía describir como «oioioioioi». Las voces se solaparon unas a otras y lo único que llegó a identificar fue a Tifa exclamando:

—¡No nos digas que quedaste con Germán!

Pedro esbozó una mueca cuando se emocionaron y se masajeó los párpados por debajo de las gafas. Vale. Quizá debería matizar.

—En realidad tuve dos citas.

Otro silencio, pero esa vez le hizo dudar a Pedro de haber perdido la conexión, así que se aseguró de que estaba todo en orden. No quería tener que decirlo otra vez en alto. Luffy habló de forma tan repentina y con la voz tan aguda que le asustó.

—¿Dos... dos citas? ¿¡Pero tú quién eres, Kamaru!?

—Estás celoso porque pilla más cacho que tú con tus novios imaginarios —bromeó Tifa. Pedro rio entre dientes y Luffy titubeó antes de seguir hablando.

—Ghost99 no era imaginario...

—Pero ¿cómo tuviste dos citas el mismo día, Kamaru? —preguntó Tifa con curiosidad, ignorando al otro chico—. Supongo que uno de ellos fue Germán, ¿no?

Era inevitable torcer la boca con una mueca de disgusto cuando escuchaba el nombre, y se sentía genuinamente culpable porque estaba seguro de que, a pesar de que Aitor le llamase «el guitarritas bohemio», el chico no había hecho nada malo aparte de no ser su tipo. Pero pensar en eso le hacía sentir… alipori. La palabra con la que Pedro se empeñaba en castellanizar el *cringe* que sus amigos tanto mencionaban.

—Sí, fui con él a una cafetería, pero… no hablamos ni cinco minutos. Tuve que irme —suspiró porque, por mucho que confiase en sus amigos que vivían cada uno en una punta de España, no podía contarles nada de lo que en realidad había pasado. No eran como los de Aitor, que aceptaron casi con un encogimiento de hombros que su amigo hubiese poseído el cuerpo de un compañero de clase—. Y luego, por la noche, estuve pasando el rato con un compañero de clase.

—¿Un compañero? Nunca nos has hablado de él.

El recelo de Loona era justo porque era cierto. Apenas les había mencionado a Aitor durante las partidas, solo que tenía un compañero de clase odioso que no le dejaba escuchar al profesor y que se pasaba las horas haciendo el tonto, como si lo único que le diese combustible en su vida fuesen las risas de los demás alumnos y la desesperación de los profesores. Ahora, sin embargo, le parecía estar hablando de una persona completamente distinta.

—Se llama Aitor, ha tenido algunos problemas últimamente, así que le he estado ayudando —explicó, cogiendo aire con la voz temblorosa—. Oye, deberíamos estar jugando, ¿no?

—Venga ya, tío, con lo que tarda el juego en encontrar una partida te da tiempo a contárnoslo todo sobre él —exclamó Kyo y podía notar su sonrisa divertida y maliciosa en la voz.

—¿Cómo es? —preguntó Tifa, mucho más curiosa, pero menos cotilla que el otro.

Pedro parpadeó y recordó lo mucho que le había molestado que Aitor hiciese comentarios sobre la interfaz del *League of Legends* hasta que se dio cuenta de que no era tanto que él quisiera reírse de sus gustos, sino que quería integrarse con él. Hacerle reír para ganarse un huequito en algo que no comprendía, pero que su fachada de «tío duro y guay» —¿sería consciente Aitor de que no lo parecía en absoluto?— no le dejaba preguntar por algo sin un chiste detrás. Suspiró. ¿Empezaba por ahí o por lo que sabía que sus amigos querían saber?

—Es… alto. Tiene el pelo ondulado y negro, pero corto. Ojos azules… —Frunció el ceño. De pronto, se dio cuenta de lo poco que se acordaba de su rostro en general, pero lo mucho que recordaba los detalles, cómo se imaginaba la sonrisa que le dirigiría a él, incluso si nunca lo había hecho, solo en su cabeza. Las rodillas se le ablandaron hasta convertirse en mantequilla—. Tiene pendientes en las orejas y la lengua, unas pecas marrones en la nariz que solo puedes ver si te fijas, un bigote ridículo con tres pelos mal puestos y siempre lleva sudaderas demasiado anchas y pantalones que no sé si están rotos a propósito o es que no ha comprado ropa nueva en años.

—Vaya, con lo bien que habías empezado… —suspiró Tifa, pero Pedro no había terminado.

—También trata a sus amigos como familia y a su familia como dioses a los que hay que venerar, pero también cuidar. Se preocupa de que todo el mundo esté feliz a su alrededor, de ayudar, aunque no tenga las mejores herramientas a su alcance. Pero lo intenta, de verdad, y yo pensaba que quería algo a cambio, pero… Lo único que quería era que su hermana estuviese bien y no se metiera en líos. Porque tiene el mismo humor que un niño de cinco años, pero también la poca malicia de uno.

»Y se hace querer en cualquier situación. Se hace ver, porque hasta a los profesores que están hasta el gorro de él hablan de Aitor como si fuera su hijo, les he escuchado cuando me acercaba a la sala de profesores. Todo el mundo le tiene cariño y se los gana con una sonrisa. Y el señor Gutiérrez, que es más frío que un témpano, que sé que Aitor le tiene miedo y pensará que le odia, pero estoy seguro de que nos puso juntos porque quería de todo corazón que él aprobase y saliera hacia delante. Porque por mucho que me moles... ¡Por mucho que me joda! Aitor es así, y se hace de querer, y ha hecho que me enamore de alguien por primera vez en la vida, y ahora no sé si voy a volver a verle o a hablar con él nunca más.

No se dio cuenta de que la voz se le había convertido en un sollozo en el que casi no era capaz de respirar hasta que empezó la partida y notó que sus amigos se habían callado, como si todos a la vez hubieran silenciado sus micrófonos. Ni siquiera Luffy tenía órdenes para darles. Tragó saliva, pero la garganta le quemaba. Intentó que no se escuchase cómo sorbía para no tener que ir a por papel y que supieran lo mucho que le afectaba todo eso.

—Kamaru... ¿estás bien?

Pedro soltó un ronquido cuando se rio casi sin ganas, nervioso, solo porque escuchar a su amigo Kyo hablando con tanta suavidad era algo que... no le pegaba en absoluto. A ninguno de ellos le pegaba demasiado.

—Podemos salir de la partida, si quieres —susurró Tifa

y volvió a reírse, porque casi podía ver cómo Luffy se llevaba las manos a la cabeza, pensando en el sacrilegio que había dicho. Pedro se secó las lágrimas tímidas con la muñeca y carraspeó.

—No, no pasa nada, solo me he puesto sentimental. Vamos a jugar, chicos.

Tardaron unos minutos en volver a la normalidad, en que Luffy volviese a decirles lo que tenían que hacer y Loona gritase a la pantalla, pero Pedro prefería ese escenario, volver a sentir calma y sentirse cerca de otras personas que no fuesen un espíritu dentro de su cuerpo.

Intentó no darle muchas vueltas al hecho de que era la primera vez que había admitido en voz alta que estaba enamorado de Aitor.

15

—Lo sabía. Los que más dan por culo son siempre los que acaban volviendo.

Tras el negro, vino el rojo. Fuegos artificiales. Después, la nada absoluta. En lugar de miedo, como la primera vez que Aitor había escuchado esa voz, deseó poder estirar los brazos que no podía ver para meterle un puñetazo.

—¿Otra vez? Pero ¿por qué cojones sigo aquí?

—¿En el limbo? Pues porque te aferraste a la vida. Tengo que decir que me sorprende, no te esperaba. Pensaba que estabas registrándote con el Jefe.

Aitor no quiso saber a quién se refería porque no creía que le gustase la respuesta. Además, no la necesitaba: tan solo quería volver. Ver, oler, tocar, sentir. Ver la sonrisa de su hermana, oler el pan recién hecho en la pastelería de su tía, tocar la guitarra, sentir algo que no fuera confusión y un espacio que nunca terminaba.

—¿Y ha servido de algo? —preguntó sarcástico, porque

no podía evitarlo; Aitor tenía que ser picajoso, incluso muerto, pero también le temblaba la voz.

Frente a él, una luz apareció, tímida y centelleante. Una estrella muy lejana que fue haciéndose cada vez más grande. No iluminaba su alrededor, pero atisbaba formas borrosas más allá de ella. La voz que le acompañaba rio con una suavidad que no le pegaba.

—No lo sé, compruébalo por ti mismo.

Sin pensarlo dos veces, como la gran mayoría de decisiones que Aitor había tomado a lo largo de su —hasta ahora— corta vida, alargó la mano, saltó y se dejó hacer.

Tenía la boca tan seca que no pudo ni tragar saliva. La garganta le raspaba como si hubiera comido arena del desierto y le dolía cada vez que intentaba abrir los ojos. Al principio, la luz era tan fuerte y el cuerpo le ardía tanto que pensó que el mismísimo sol le estaba abrazando, pero entonces su alrededor se fue apagando poco a poco hasta adaptarse.

Estaba tumbado sobre una cama cuyo colchón parecía querer tragarle, con una pierna en alto y una televisión encendida frente a él. Las voces de la pantalla sonaban lejanas y en otro idioma. Olía a desinfectante y lejía. Tenía tubos que le salían de la nariz, viales que se le agarraban al antebrazo. Cuando giró el cuello —todos los músculos le chillaban para no hacerlo—, contempló la noche que se colaba por las persianas azules medio echadas, el único toque de color en esa habitación tan aséptica. Una persona dormía acurrucada en el sillón junto a él, abrazándose las piernas y en una postura que solo él mismo habría conseguido en el metro de camino a casa un domingo de resaca.

Intentó estirar el brazo, pero todo el cuerpo le pesaba una tonelada. Despegó los labios resecos con esfuerzo.

—Enana...

No la había llamado así desde que eran pequeños, como si su cerebro fuera tan lento que todavía estuviera intentando alcanzarle a través de los años. Aitana abrió sus ojos claros de golpe, con unas profundas y hundidas ojeras que no recordaba que hubieran estado antes allí. Se puso de pie con torpeza, sin atreverse a parpadear o quitarle la mirada de encima.

—¿A-Aitor...? —preguntó. Su voz sonaba ahogada, como debajo del agua. Aitor intentó sonreír como respuesta, pero debió haber esbozado la mueca más horrible del mundo, porque su hermana le miró con horror antes de erguirse por completo—. ¡Ayuda, por favor! Dios mío, Aitor.

No le dio tiempo a decir nada más antes de que Aitana le rodease en un abrazo que le hizo bufar, sin respiración y con la cabeza a punto de explotar. Solo cuando tosió, la chica se separó de él con lágrimas en los ojos.

—Si tú estás aquí... —comenzó a decir Aitor casi sin voz, la boca pastosa y arrastrando las palabras—. ¿Es esto el infierno?

Su hermana soltó un bufido y no supo si se echó a llorar o a reír. Volvió a abrazarle y Aitor pensó que se le iban a salir los pulmones, pero no le importó. Cerró los ojos y, como no tenía fuerzas para devolverlo, simplemente disfrutó de la calidez de Aitana como si hubiera esperado toda una eternidad para volver con ella. Su hermana le estaba dejando lleno de mocos y no le gustaba verla así, por lo que hizo acopio de la poca fuerza que le quedaba para susurrar un:

—Oye… eh… tengo más hambre que los piojos de un Furby. No tendrás Panteras Rosas por ahí, ¿verdad?

La risa de Aitana era muy fea, casi como la de un cerdito, pero la amaba. Y, por lo menos, consiguió que dejara de llorar, aunque fuera para contestarle un «ya te vale, imbécil».

A pesar de todos los músculos doloridos que le tiraban hacia la cama, de que la gravedad parecía haberse intensificado en su cuerpo de lo abotargado que lo tenía, no pudo evitar fijarse en el hueco que sentía a la altura del pecho y que no le había abandonado desde que despertó.

Soñó con ojos azules y manos que no llegaban a rozarle las yemas de los dedos. Algo parecido a la noche en la que Aitor escapó de su cuerpo, pero esta vez no había pena, tan solo el sosiego de quien no escucha nada, ni siquiera el zumbido de sus oídos. Una caricia muy leve, pero firme, que parecía querer susurrarle «aún no estoy aquí, pero espérame, por favor».

El despertar no fue tan agradable. Se sobresaltó con sudor frío en las palmas y los ojos escociendo como la única vez que llevó lentillas y estaba frente a una hoguera en el campo. Pestañeó unas cuantas veces y se fijó en que, fuera, aún era de noche. Era imposible que el zumbido que hacía temblar toda la mesilla de noche se tratase de la alarma.

Pedro tanteó, buscando el móvil con dedos de gelatina. Su cuerpo no se había despertado del todo, pero lo hizo cuando vio el nombre con un *emoji* con el gesto de victoria hecho con los dedos. La llamada se cortó y se apresuró a abrir los contactos, con los dedos temblorosos y sintiéndose tan pesado y lento como si siguiera soñando. Por suerte, Vir volvió a llamar y esa vez, sí que sí, descolgó.

—¿Qué pasa? —preguntó Pedro con la voz rasposa y la garganta tan seca que le dolía al hablar.

Le costó entender a la chica al principio, hablando entre sollozos, y se esperó lo peor. Le dolía el pecho de lo mucho que le apretaba el corazón. Tras unos intentos, escuchó a Vir sorbiéndose y alguien diciéndole que se tranquilizase de fondo. Una chica, probablemente Carla.

—Se… A-Aitor… Ha despertado…

Pedro no necesitó más explicaciones para que de pronto todo su mundo se tambalease hasta ponerse recto del todo, tanto que, si daba un paso en falso, los lugares por los que pisaba se resquebrajarían bajo la presión. Se puso de pie de un salto, trastabillando mientras se dirigía hacia el armario.

—Ya voy.

No dijo nada más antes de colgar porque supo que ninguno de los dos tenía nada más que comentar. Aunque Vir le dijese que no podía ir, Pedro se iba a presentar en el Reina Victoria igualmente, y sabía que la chica era consciente de ello. Si no, no le habría llamado a las… Echó una ojeada rápida al teléfono cuando agarró cualquier camisa del armario. Las cuatro y media de la mañana.

No había podido elegir mejor hora para resucitar; en plena madrugada para despertar a su familia y amigos. Como una broma pesada. Y Pedro sonrió intentando que no se le escaparan las lágrimas porque, por supuesto y tratándose de Aitor, no podría haber sido de otra forma.

Llegó al hospital media hora más tarde, con las farolas de la puerta siendo las únicas que iluminaban el edificio en un escenario sombrío. Un guardia le detuvo en la puerta con una mano en el pecho, haciéndole bufar. Pedro le lanzó una mirada que podría cortar la carne hasta los huesos con las gafas torcidas y solo entonces se dio cuenta de que le faltaba el aire.

—¡Pedro!

Se giró tan rápido que le dio un tirón en el cuello. Apoyados en la valla de metal que separaba la acera con la carretera estaban los cuatro amigos de Aitor. Carla fumaba, Alberto le calentaba los brazos con una de sus enormes manos, Suso daba vueltas sobre sí mismo, nervioso, y Vir corrió hacia él. La chica le abrazó como si llevasen años sin verse y tanto los temblores como el gemido quejumbroso contra su oído le asustó.

—¿Está todo bien? —preguntó Pedro, intentando que no se le notase la desesperación tanto en la voz como en los gestos. Vir se separó de él y se frotó los ojos.

—Sí… eso creemos. No nos dejan entrar, pero Nadia dice que está todo bien.

—Pero el hospital abre las veinticuatro horas.

—Que somos muchos, dice el tío —dijo Suso, dando una

patada al suelo, indignado. No conocía mucho a los amigos de Aitor, pero le resultaba cómico ver a ese chico tan exasperado, bufando y con los mofletes hinchados—. ¡Ni que fuéramos una procesión de Semana Santa! Solo queremos ver a nuestro amigo…

—¿Seguro que ha despertado? —preguntó Pedro con el corazón en un puño y dicho puño congelado como un témpano. Quería volver a escucharlo, asegurarse. Le subió el calor por el cuerpo solo con el asentimiento de Vir y su sonrisa victoriosa bajo los ojos vidriosos.

—Está bien, solo necesita descanso, pero ya tiene los ojos abiertos y lo primero que dice Nadia que ha pedido han sido unas Panteras Rosas, el muy cabrón.

Pedro rio, feliz. Una carcajada rota, pero genuina, donde se le escapó toda la felicidad en forma de aire caliente, el vapor de un horno que contenía demasiados dulces.

Se abrazó a sí mismo, sintiendo el frío de la noche ahora que había dejado de correr y que el sudor frío no ayudaba a la sensación. Se apoyó en la valla junto a ellos, observando el suelo húmedo por las lluvias de esa tarde y los chicles que llevarían allí pegados lustros, por lo menos. Pedro no pudo evitar sonreír hasta que las mejillas le tiraron. Aitor estaba despierto. Había vuelto. Estaba bien. Podría mirarle a los ojos mientras hablaban, la voz saldría de él y no de su cabeza, podría verle reír, bufar, poner caras cuando decía uno de sus chistes.

Sentir su calor a centímetros de él.

Un pequeño codazo le sacó de su ensoñación y se sonrojó como si le hubiesen escuchado los pensamientos. Había sido suave, así que al principio pensó que había sido sin querer, pero luego vio a Carla cruzándose de brazos e inclinándose hacia él para susurrarle al oído. Olía a tabaco y vainilla.

—Pase lo que pase, no se lo tengas en cuenta.

Parpadeó sin comprender. Agachó la mirada para ver algo en su rostro que le hiciera entender mejor a qué se refería, pero la chica ya se había girado para hablar con sus amigos, quienes se quejaban de que el guardia no era lo suficientemente enrollado como para dejarles quedarse en la sala de espera y que no se les congelase el culo. Pedro echó un último vistazo al hospital y se mordió los labios. Salía luz de algunas de las ventanas. ¿Sería una de ellas la habitación de Aitor?

Suspiró y se acercó a los demás para intentar distraerse, pero lo cierto era que las crípticas palabras de Carla habían hecho que su emoción se diluyese un poquito.

Sus padres le llamaban constantemente, pero él no les cogió el teléfono. No iba a pasarles nada porque no supieran dónde se encontraba su hijo durante unas horas. Empezaron las clases y también le dio igual, aunque le quedara algo de ansiedad residual a la altura de la nuca. No fue hasta la hora de comer, sentado en la sala de espera, con las piernas débiles, cuando Nadia salió con ojos cansados pero una sonrisa optimista, que les dijeron que podían ver a Aitor, aunque fuese solo un par de minutos.

—No deja de preguntar por vosotros y eso que le han dicho que descanse. —La mujer rio entre dientes con la mirada brillando por las ganas de llorar. La veía más pequeña que la última vez que fue a la cafetería, pero más sana, con más color—. Voy a por Aitana, a ver si la puedo separar unos minutos de su hermano y entráis poco a poco.

Pedro se puso de pie, se secó el sudor frotándose las manos en los pantalones e intentó respirar todo lo que pudo, aunque en sus pulmones solo entrase un molesto olor a antiséptico. Estaba mareado, pero supuso que como todos los demás; casi no habían dormido, ni comido nada, apenas los Choco Boms que Suso había compartido con ellos cuando compró en la máquina expendedora. Pedro se fijó dos veces, pero no había Panteras Rosas.

Se sobresaltó cuando Vir le puso una mano en el hombro. No estaba en su mejor momento con los reflejos más agudizados, pero tenía que reconocer que, últimamente, todo le había asustado. La chica le sonrió con los labios apretados.

—Creemos que tú deberías ser el primero en entrar.

El chico parpadeó y tardó unos segundos en responder, boqueó como un pez antes de poder decir nada. Miró a los demás, pero ninguno parecía descontento con la decisión.

—¿Qué? Pero... vosotros sois más amigos de él que yo.

—Pero tú pasaste las últimas semanas con Aitor, es obvio que tenéis más cosas que aclarar que nosotros. —La chica volvió a darle palmadas en los hombros y Pedro no supo cómo descifrar la sonrisa que se ensanchó en su rostro—. Pero no lo acapares mucho, ¿eh?

Se sonrojó cuando todos empezaron a darle golpecitos en la espalda y ánimos entre silbidos que hizo que un enfermero les chistase. Nadia salió de la habitación, pasándole un brazo por los hombros a Aitana, que seguía mirando el interior del cuarto mientras se reía de algo que Aitor había dicho. Se la veía mucho más llena de vida que unos días antes, como la niña que —aunque ella misma no quisiera— en realidad era. Cuando pasaron junto a ellos, sin embargo, Aitana se tensó al verle y sus labios adquirieron un rictus tan fino y lineal que solo lo había visto en los dibujos animados. Nadia sonrió.

—Aitor os está esperando.

Pedro asintió y, esta vez, los golpes en la espalda y los vítores fueron casi silenciosos. Sonrió, jugando con las mangas de su camisa y caminando tan despacio como si lo que les separase fuese una montaña y no un par de metros y una puerta.

Pensó en las palabras de Carla, su semblante serio. «No se lo tengas en cuenta», y Pedro se preguntó qué quería decir con eso. ¿Sabía que Aitor y él habían tenido… algo? No sabía muy bien el qué, a decir verdad. Quizá se refería a que Aitor no iba a admitir que sentía algo por un chico, si así era. Era un pensamiento que hacía que le cayese algo frío y pesado en el estómago, pero, por mucho que le doliese, Pedro no dejaría de ser su amigo por eso. Solo quería estar con él, de cualquiera de las formas.

Le costó cerrar la puerta tras de sí. La habitación tenía el aire mucho más viciado y caliente de lo que había esperado, así que comenzó a sudar de inmediato. También le resultó difícil girarse hacia Aitor, hacia la cama en la que había estado postrado desde hacía semanas, pero que Pedro no había visto ni una sola vez.

Tragó saliva y alzó la mirada. Aitor, largo como era, se veía aún más delgado bajo las finas sábanas de la cama. Estaba sentado, con un montón de almohadas tras su espalda. Tenía conectado unos cables a la nariz y un gotero clavado en la fosa del codo, pero Pedro decidió centrarse en su rostro, ese que solo tenía en sus recuerdos como una sonrisa de pillo eterna. El corazón le dio uno, dos, tres vuelcos. El pelo oscuro y ondulado le caía por los lados como si de repente recordase lo que era la gravedad. Los ojos azules con pestañas larguísimas estaban decorados por ojeras profundas y marrones, cansado a pesar de llevar días dormido. Le había crecido un bigote y una perilla asimétrica y Pedro no pudo evitar reírse. No se dio cuenta del rostro de ceño fruncido y humedeciéndose los labios secos hasta que se revolvió en la cama, incómodo, y lo único que inundó la habitación fue el sonido de la fricción de las sábanas. Pedro se aclaró la garganta.

—Hola, Aitor —susurró Pedro con una sonrisa que era imposible de contener. Era la primera vez que hablaba con él cara a cara—. Menuda siesta te has echado... ¿No?

Pedro no era bueno con el humor sarcástico, no como Aitor, que le salía natural y con esa expresión traviesa que era irritante y divertida al mismo tiempo, pero lo intentó, porque sabía que era lo que hubiese querido. Aitor soltó una carcajada forzada, de voz rasposa y seca que, aun así, no llegaba a ser tan grave como la suya propia. Era tan extraño, pero gratificante, escucharle hablar fuera de su cabeza...

—Sí, tío, ya ves. Eh... ¿Vienes a pedirme mi parte del trabajo de biología? Porque me has pillado algo ocupado.

Pedro rio otra vez, sacudiendo los hombros y con un calor mucho menos agobiante que el de la habitación, llenándole los pulmones y el estómago. Sin embargo, se detuvo cuando vio que a Aitor le tiraban las mejillas de lo mucho que fingía una sonrisa que parecía más una mueca. Tragó saliva, deshaciendo la suya. ¿Había sido mala idea ir allí? ¿Aitor estaba incómodo porque ya no quería tener nada con él? A lo mejor no le gustaba nada que le viese solo con el pijama del hospital, pero, en su defensa, no se le veía ni la espalda ni el trasero en esa posición.

—No… he venido a verte a ti, idiota.

Esa palabra le salía con naturalidad, ya con cariño de todas las veces que se lo había dicho cuando Aitor había dicho alguna estupidez, pero en ese momento el chico arrugó la nariz y desvió la mirada, molesto. Pedro dejó caer los hombros.

—Ah, sí, me encanta despertarme y que lo primero que me reciba sea el friki de mi clase para pedirme los deberes e insultarme —bufó con una sonrisa ladina y, cuando notó la palidez de Pedro, chasqueó la lengua, frotándose el brazo con el gotero—. Mira, lo siento, colega, agradezco que hayas venido a verme, pero esto es muy raro para mí y… prefiero ver caras conocidas, ¿sabes? ¿Puedes… decirle a Vir que entre?

Pedro asintió una vez, despacio y dubitativo porque el frío le entumeció todos los músculos. Solo cuando el chico hizo el ademán de darse la vuelta y largarse, Aitor parecía mucho más relajado y calmado. La puerta hizo un chasquido cuando la abrió con fuerza y salió como un torbellino de allí.

Nadia parecía preocupada, Aitana ni le miraba y los demás intentaron acercarse a Pedro diciéndoles «¿ya?», «qué rápido, ¿qué ha pasado?». Se detuvo solo un segundo y boqueó sin saber qué decir. Entonces, su mirada se posó en Carla, que se había mantenido unos pasos alejados de ellos. Suspiró por la nariz y, a pesar de lo poco expresiva que esa chica era, notaba el casi gesto de disculpa en sus ojos oscuros. Carla lo había sabido o, al menos, lo había intuido. Pedro apretó la mandíbula y se fue del hospital sin decirle nada a los demás, quienes no insistieron ante las riñas silenciosas en los rostros de los enfermeros para que no hiciesen más ruido.

Pedro apretó las manos hasta hacerse daño con las uñas en las palmas y solo lloró cuando estuvo fuera, como si el hospital fuese un lugar acogido a sagrado.

No tenía que ser un genio para darse cuenta. Aitor no se acordaba de él. Al menos, no de las últimas semanas como tal. Había sufrido un accidente y lo siguiente que supo fue que se despertó en una cama del hospital. Y ya estaba. Nada de ver series juntos por la noche, o vivir los momentos más incómodos de su vida a su lado, o las charlas hasta altas horas de la madrugada.

Y ahora, además del alma pasajera dentro de su cuerpo, lo único que quedaba de Aitor en él era su recuerdo. Uno que no compartían en absoluto.

16

Había vuelto a casa solo a por la mochila, porque era así de estúpido. Lo era tanto que, a pesar de lo que había pasado —o, mejor dicho, lo que no había pasado—, prefería ir a clase, concentrarse en otras cosas y olvidarse del rostro contrariado e incómodo de Aitor antes que quedarse en su habitación a llorar las penas. Era estúpido porque ni siquiera le importaba lo que tuviera que contarle el profesor Gutiérrez ese día, o impedir que le pusieran un parte por faltar a clase sin justificante, pero sobre todo lo era porque sabía lo que iba a encontrarse nada más abrir la puerta de casa y, aun así, no hizo nada para evitarlo.

Metió las llaves, giró el pomo y no se sorprendió al ver a sus padres en la entrada. Pese a vestir sendas batas de dormir, imponían con sus semblantes serios, las miradas afiladas y los brazos cruzados. Su madre tenía el móvil aún en la mano y de él salía una voz que no distinguía demasiado bien.

—No se moleste, agente. Ya ha vuelto a casa —respondió la mujer con la barbilla temblando, pero no supo si por el miedo o la rabia. Asintió una vez—. Disculpe. Y muchas gracias.

A Pedro le dolían los pies como si hubiera corrido más kilómetros de los que debería y los ojos le escocían con esas ganas de seguir llorando que se estaba conteniendo con la misma incomodidad que un estornudo. En otras circunstancias, el encontrarse en esa situación con sus padres habría sido aterrador, de hecho, era un escenario tan improbable que nunca se le había pasado por la cabeza.

—¿Dónde estabas? —preguntó su padre, cortante.

Ninguno se movió ni un ápice. Se observaron, clavándose dagas con los ojos. Como esos vaqueros de las películas del lejano Oeste que a su abuela le encantaban. Pedro tenía el cuerpo tan entumecido que pensó que se le habría trasladado al corazón, porque no sintió nada. Ni pánico, ni sudores fríos, ni palpitaciones. Nada. Solo quería que ese día se terminase, a pesar de que acabara de comenzar. Y el siguiente. Y el que viniese después.

—Lo siento mucho, no volverá a ocurrir —dijo Pedro sin sentirlo en absoluto, pero era el discurso predeterminado cada vez que sus padres se enfadaban con él. Esa vez, a sus palabras le acompañó un suspiro cansado que sonó irritado. Casi podía ver los músculos de los hombros que se habían tensado en ellos. Se humedeció los labios—. ¿Podemos hablar de esto en otro momento? Por favor.

—No, para nada —le cortó su madre enseguida y caminó hacia él—. No tienes ese derecho ahora mismo, Pedro. ¿Tú sabes lo que has hecho?

—¿En qué cabeza entra irse de casa en plena madrugada y no coger el teléfono en horas?

Su padre alzó la voz y le hizo encogerse sobre sí mismo. Por muy adormilados que tuviese los sentidos, ese hombre conseguía despertar cada célula de su cuerpo y ponerle en alerta. Se le secó la garganta.

—Solo han sido tres —murmuró Pedro, como si eso lo arreglase.

Su padre dio un golpe seco en la cómoda de la entrada. Su madre se sobresaltó, asustada. Nunca había aporreado un mueble para hacerse escuchar, claro que, hasta la fecha, Pedro jamás le había contestado.

—Ni se te ocurra responderme —siseó el hombre entre dientes, apuntándole con un dedo. No sabía que a su padre también le pudiesen temblar las manos—. Esto no es normal en ti, Pedro. Llevas semanas ausente, has empezado a mentirnos y más de una vez te hemos escuchado hablando con alguien en vez de estudiar. Sí, nos hemos dado cuenta —añadió cuando Pedro abrió mucho los ojos—. Conversaciones en las que ya entraremos en detalle, por cierto, porque nada de esto tiene sentido.

Allí estaban, los sudores fríos. Tragó saliva. Habían escuchado sus conversaciones de las últimas semanas. Se habían metido en su vida sin decírselo, esperando el momento adecuado para tener una confrontación, para echárselo en cara.

—¿Dónde estabas? —preguntó esta vez su madre, que se había mantenido al margen, pero sin suavizar ni un solo músculo del rostro. Pedro intentó recomponerse antes de hablar.

—He ido… al hospital, a ver a un amigo…

—Ya —interrumpió el hombre con una carcajada seca que le hizo más daño que si le hubiera callado con una bofetada. El chico desvió la mirada con los labios apretados. Su padre no creía que pudiese tener un amigo—. Pedro, te conocemos. Dinos la verdad.

Cogió aire y, aun así, no consiguió llenarse los pulmones. Las miradas acusatorias de sus padres eran peor que una prisión y parecía que las paredes se estuvieran cerrando a su alrededor. Apretó los puños de las palmas sudorosas. Sabía que estaban esperando a que se rompiese, a que agachara la cabeza y pidiera perdón, pero no quería. ¿Qué haría Aitor? Si estuviese allí con él, probablemente le habría podido aconsejar, aligerar la tensión con alguna de sus bromas. Intentó evocarlo, recordar su voz, reproducir sus palabras.

«Yo qué sé, tío, estoy en una habitación de hospital muriéndome del asco. ¿Qué harías tú?».

Pedro apretó los dientes, levantó la barbilla e intentó que no se le notaran los nervios en la voz, aunque era imposible.

—Si tanto me conocierais, sabríais que no he estado haciendo nada malo ni ilegal —contestó y aprovechó la sorpresa en el rostro de sus padres para coger impulso y seguir hablando—. Sí, he salido de casa de madrugada sin avisaros y lo siento porque ha estado mal, pero ¿sabéis también qué más? Traigo notas impecables a casa, cuido de la abuela y hago mis tareas. Jamás os he dado un disgusto, ¿y para qué ha servido? ¡Para absolutamente nada! ¡Para que esta discusión se hubiese producido, hubiese salido de casa a las cuatro de la mañana o a las nueve de la noche, porque no me dejáis tener vida más allá de unos putos libros de texto! ¡Y sí, he dicho «putos» y no me ha gustado, pero al menos lo he dicho ahora porque he querido en vez de asustarme por decepcionaros!

—Pedro. Basta —demandó su madre, pero el chico ya se había abierto en canal, la herida estaba sangrando y no pensaba detenerla hasta que sacara todo el veneno de ella.

—¡No! Es injusto que las discusiones se acaben solo cuando lo decís vosotros, que escuchéis mis conversaciones a escondidas, que no me preguntéis por mi vida más allá de las clases y que no tenga derecho a un solo resquicio de privacidad, o de límites, o de vida social. He ido al hospital a ver a un amigo, me da igual que me creáis o no, eso ya es cosa vuestra. Y ahora voy a subir a por mi mochila y voy a ir a clase, porque tengo un expediente impoluto y pretendo que siga así, pero por mí, no porque me estéis respirando en la nuca constantemente.

No sabía que los rostros de sus padres se pudieran desfigurar tanto, que pudieran mostrar algo más que dureza y seriedad. Por un segundo, pensó ver algo más allá. Que su padre estaba impresionado o que había conseguido avergonzar a su madre, pero no se quedó para verlo. Subió las escaleras con rapidez y nadie se lo impidió. Ya había cumplido el cupo de osadía para el resto del año. Las rodillas le temblaban tanto que, cuando llegó a su habitación, se tumbó en la cama para descansar, para dejar que su corazón se calmase y las lágrimas volvieran a escurrirse por las mejillas en un lamento silencioso.

Sus padres no subieron las escaleras. Dejaron que se aseara y fuese a clase sin cruzar una sola palabra con él, y no supo decir si eso era algo bueno o malo.

17

Sus padres le castigaron sin ordenador unos días más, pero para lo que podría haber sido, Pedro se consideró bastante afortunado. Ninguno de ellos volvió a mencionar la conversación de esa noche, pero notó pequeñas diferencias en ellos. Por ejemplo, su madre le preguntaba por su día con los labios fruncidos, como si le costara mostrar interés en algo que no fuese su trabajo. Pedro se dijo que, después de todo, era un comienzo. La situación en casa no iba a cambiar de forma repentina, pero al menos se había abierto una grieta en el hielo que les separaba. La próxima vez, intentaría hablar con ellos sobre el tema sin peleas de por medio.

Aitor volvió a clase una semana más tarde, con una muleta, la cara afeitada, el pelo revuelto y la sonrisa más gigantesca que Pedro le había visto en la vida, porque de pronto el chico se había convertido en una leyenda del instituto. El macarra que había vuelto a la vida.

No le escayolaron la pierna, sino que le pusieron una férula, así que nadie tenía un lugar en el que firmarle, pero eso no les impidió escribirle cartas y tarjetas para que se recuperase. Y Aitor estaba encantado con la atención, por supuesto. Pedro lo notaba en cada sonrisa que les dedicaba a las chicas que se acercaban a él mientras se frotaba los casi rizos y cómo alzaba la barbilla, mordiéndose la lengua hasta que el *piercing* asomaba lo suficiente como para parecer travieso. De vez en cuando, Pedro captó alguna conversación de sus compañeros diciendo que iban a acercarse a la Divina a tomarse algo y ver cómo estaba Aitor. Una de ellas le quería pedir salir a Alberto porque se había fijado en que «podría partir leña con los brazos». Pedro se enteraba de todas esas cosas porque era fácil escuchar a la gente hablar a su alrededor cuando era invisible para la gran mayoría de sus compañeros.

Los profesores mostraron menos entusiasmo que los demás cuando Aitor volvió, sobre todo porque tuvieron que informarle de que era probable que tuviese que repetir curso. Al fin y al cabo, si no se ponía al día con los trabajos y los exámenes, no podrían evaluarle de la misma forma que a los demás. Se enteró por Vir, ya que se enviaban mensajes de vez en cuando y le mantenía actualizado de algunas novedades, aunque Pedro se sentía culpable por hacerlo a espaldas Aitor sin que él lo supiese. «Nosotros sabemos que lo que pasó fue verdad y vamos a hacer lo posible para que el tonto del culo se acuerde», le dijo un día cuando el chico le comentó que quizá no deberían seguir escribiéndose.

Pedro ya empezaba a dudar de si se lo había imaginado

todo. ¿Cuán solitaria podía sentirse una persona antes de inventarse una relación que había durado tan solo un par de semanas y que solo él había vivido?

No había vuelto a ver a Aitana cerca de Mario. De hecho, pasaba de estar con sus amigos a dar saltitos hacia su hermano en los ratos libres, cuando Pedro se quedaba en su asiento y veía cómo Aitana se acercaba a Aitor para ayudarle a caminar. Aitor le revolvía el pelo hasta hacerla gruñir para decirle que no necesitaba su ayuda, que estaba bien siendo un Transformer.

Pedro sonreía y disfrutaba de su amigo desde una distancia prudencial, siempre a unos metros de él. Porque, aunque ya no formase parte de su vida, le gustaba saber que era feliz, que estaba bien, sano y salvo, rodeado de la gente que quería. Y eso era lo único que le importaba, aunque le doliese como si le clavasen una estaca ardiendo cada vez que pensaba en lo raro que sería intentar mantener una conversación normal con él. Completos desconocidos.

Tanto se fijaba en él que tampoco se le pasaba por alto la forma en la que Aitor le devolvía las miradas, cómo se humedecía los labios mientras se giraba hacia Pedro un segundo y luego desviaba la vista, rascándose la cabeza. Eran las únicas interacciones que compartían juntos y ahora tenía que acostumbrarse a ello.

Pedro soñaba con Aitor, pero sabía que el otro no le guardaría en su mente ni un solo segundo.

A Aitor le encantaba la atención, le flipaba que las chicas le echaran miraditas y que ahora su tía le llevase el desayuno todos los días a la cama. Pero si tenía que decidir entre que le hicieran un poco más de casito o que no le hubiesen caído no sé cuántos kilos de cemento encima, elegiría lo último sin pensarlo.

Ir al servicio era un coñazo, pero no más que sus amigos insistiéndole en que hablase con Pedro Parra, el empollón de clase. Que le pidiera ayuda para estudiar, que lo mismo así no tenía que repetir el curso. Aitor les quitaba otro cigarro y decía que, por favor, cerraran el pico de una vez.

No quería contarles nada, porque le iban a tratar como si estuviese loco, pero desde el día en el que Pedro apareció en el hospital, se le calentaban las puntas de las orejas y la parte más baja del estómago cada vez que le veía. Un coma no podía hacer eso, ¿no? Que te colases de una persona que no conocías de nada así porque así.

Pero desde que le vio en esa habitación, él en la cama con la bata del hospital que le dejaba el culo al aire, todos sus días se centraban en él. Como cuando aprendía una palabra nueva y, de pronto, la veía en todas partes. No solo sus amigos hablaban de él, sino que encendía la televisión y se encontraba con noticias hablando de que cada vez estaban más de moda los mundiales deportivos de videojuegos. Aitor rio entre dientes y pensó «esto le fliparía a Pedro, el de mi clase, seguro». Entonces encendía el portátil para robarle el Netflix al vecino y ahí estaba, en la esquina superior derecha, un anuncio sobre comprar figuritas anime por Internet. «Esto tiene pinta de ser algo que vería Pedro». Entonces se metió en TikTok, porque su hermana, por fin, le había desbloqueado de su cuenta, y le salió un perfil rarísimo llamado kamaruitadori. No había subido ningún vídeo, pero se quedó mirando la foto del muñequito en blanco y negro sobre el nombre de usuario y pensó... ¿Pedro?

Se le estaba yendo la cabeza. Eso era lo que hacía un golpe de cemento, que le dejara cojo y también obsesionado por un chico de su clase. La única vez que pudo dejar de pensar en él fue cuando se metió en un perfil recomendado de la cuenta, uno en el que un chico con perillita tocaba temas de Los SFX. Pensó «este guitarritas tiene pinta de ser un gilipollas».

Y eso fue todo, porque entonces le entraron ganas de buscar de qué anime era la dichosa figurita que le había salido el otro día en los anuncios.

Sonó el timbre del recreo y Pedro guardó el teclado del ordenador cuidadosamente en la cajonera antes de agarrar el vaso con frutas cortadas y peladas que había traído de casa. Se suponía que no se podía comer en clase, pero entre que se trataba de él —ni siquiera le habían echado en cara esa mañana que faltó porque dijo que había estado en el hospital y eso fue todo lo que necesitaron saber— y que la mayoría de los alumnos se escondían una bolsa de patatas o Jumpers bajo la mesa durante las clases, a los profesores ya parecía darles igual ese tema. Era como los móviles; no los permitían, pero a estas alturas no iban a luchar contra la tecnología. Demasiada pereza, supuso.

Escuchó el sonido del repiqueteo de las muletas contra el suelo a su lado y se obligó a no levantar la cabeza, sabiendo que Aitor estaba pasando a su lado. Se llevó un trozo de uva a la boca e intentó no atragantarse cuando el chico se dejó caer en la silla de su lado con un profundo suspiro. Era el primer día que Pedro se sentaba junto a la pared para que le llegase mejor la calefacción del radiador. No supo si eso influyó en que, de pronto, Aitor se encontrase allí.

—Oye, ¿sales a echarte un pitillo?

Apoyaba un brazo en la muleta y jugueteaba con un cigarrillo con la otra mano. Pedro parpadeó, con el tenedor que se había traído de casa en mitad del aire y notando aún la uva en la garganta.

—No fumo.

Fue lo único que se le ocurrió decir y Aitor desvió la mirada con una sonrisa divertida.

—Vale, reformulo. ¿Vienes conmigo a ver cómo me echo un pitillo?

—Hace frío.

A Pedro se le había olvidado cómo hablaba una persona normal. Volvía a sentir ese nerviosismo que tan poco le gustaba, la ansiedad y el miedo, pero esa vez no era lo mismo que con Germán. Esa vez la confusión llenaba sus pensamientos, la expectativa, la emoción de que Aitor le volviese a hablar, pero sin saber qué iba a pasar.

Se reprendió mentalmente por haber respondido eso, como si se estuviera negando pasar tiempo con él. Se arrepintió enseguida y apoyó el tenedor en el interior del vaso, pensando cómo podía arreglarlo, pero Aitor solo chasqueó la lengua, rio entre dientes, miró el cigarrillo como si no entendiese por qué estaba allí y se lo colocó detrás de una oreja.

—Tienes razón, no merece la pena congelarse los huevos por un poco de nicotina. Qué asco.

Sabía que Aitor solo estaba exagerando la mueca de disgusto, pero Pedro no sabía cómo reaccionar o responder. Solo dejó el tenedor y envolvió el vaso con las manos como si quisiera calentarlo, muy recto y sin querer girar el cuello, porque sabía que en cualquier momento la sangre se le subiría demasiado a la cabeza y le teñiría la piel de un sonrojo evidente. Pasaron segundos sin que ninguno de los dos dijese nada antes de que Aitor comenzase a tamborilear con los dedos sobre la mesa.

—Oye, tío, estaba pensando… —empezó y Pedro aguantó la respiración más que si estuviera debajo del agua—. Tengo un runrún en la cabeza con una serie que creo que la vi de pequeño, y me estoy comiendo la puta olla intentando acordarme. Y luego he pensado «eh, creo que Pedro ve estas cosas», así que he venido a preguntarte. Era de japoneses y robots. Algo de *Elvaginón* o yo qué sé.

Pedro pestañeó tan despacio que pensó que nunca llegaría a cerrar los ojos, procesando la conversación que estaban teniendo. Solo cuando abrió la boca y tartamudeó, se dio cuenta de lo mucho que llevaba sin exhalar.

—¿*E-Evangelion*?

Aitor chasqueó los dedos, arqueando las cejas con la ilusión de un niño pequeño en el rostro.

—¡Sí, joder, eso! Gracias, me estaba volviendo loco.

Pedro se atrevió a girarse del todo hacia él. El otro chico se quedó mirando la pizarra suspirando con una sonrisa de oreja a oreja, como quien se acababa de quitar un enorme peso de encima. Se preguntó si en realidad Aitor se acordaba de todo y solo se estaba riendo de él, pero resultaba imposible creer que fuese tan cruel. Tenía que ser casualidad. Una cruda y extraña coincidencia. Aitor se mordió los labios y Pedro no pudo evitar contemplar cómo la piel carnosa se le ponía blanca bajo los dientes. Parecían algo agrietados, pero se preguntó si, aun así, se sentirían suaves…

—¿Sabes? La verdad es que quería hablar contigo… pero me daba un poco de vergüenza hacerlo aquí, por eso quería salir fuera. Por la privacidad y esas cosas.

Pedro apartó la mirada de sus labios con el sonrojo, por fin, apoderándose de sus mejillas. Tenía miedo y, por desgracia, también esperanza. Decidió fijar toda su atención en la fruta dentro del vaso.

—Hay menos gente aquí dentro que fuera.

Por el rabillo del ojo vio que Aitor miraba a su alrededor y se rio entre dientes, pasándose los dedos por el pelo. Fuera, en los pasillos y la calle, se escuchaban las risas y los gritos de sus compañeros. Allí, en cambio, no había ni una sola alma. Todos huían de clase a esas horas.

—Bueno, vale, pero el Gonza… el señor Gutiérrez siempre me ha dado mala espina. ¿Quién te dice a ti que no tenga cámaras ocultas aquí dentro?

—¿Porque eso sería ilegal?

—Tío, estoy seguro de que ha matado a gente en la guerra, esto debe ser lo menos ilegal que ha hecho nunca.

—El señor Gutiérrez no es tan mayor como para haber vivido la guerra.

—Da igual, es tan sádico que se inventa una.

Sus miradas se cruzaron un segundo, serios y preguntándose cómo habían llegado hasta esa conversación, y casi al mismo tiempo los dos despegaron los ojos del otro y se rieron. No esa clase de carcajada de algo que es demasiado gracioso como para aguantarlo, sino una nerviosa, pero cómoda al mismo tiempo. Feliz de compartir ese momento de forma presencial. Al menos, Pedro se sentía así, jugueteando con el plástico de los bordes mientras dejaba que el calor saliese de su pecho y le llegara hasta las yemas de los dedos.

—El caso es que… —comenzó Aitor. A Pedro se le aceleró el pulso otra vez. Cierto, el chico quería hablar con él de algo, por eso estaba allí. ¿Le confesaría que llevaba una semana ignorándole a propósito?—. Mira, es que te va a sonar rarísimo, pero yo qué sé, me da igual.

—Estoy acostumbrado a cosas raras —interrumpió Pedro dando vueltas con los pulgares sobre sí mismos y se dio cuenta de que sonaba más misterioso e interesante de lo que de verdad era. Se sonrojó aún más hasta que las mejillas le quemaron. Aitor se rio, inquieto, antes de aclararse la garganta.

—Aitor, calienta que sales —suspiró, echando la cabeza hacia atrás parar mirar el techo y Pedro supuso que era uno de esos memes de los que él no estaba enterado—. Verás, desde que me desperté del coma… no sé qué cable se me ha cruzado, porque no dejo de pensar en ti. Sé que suena *creepy* de la hostia, pero es que me vino tu cabeza a la mente y… de pronto estabas tú ahí, ¿sabes? Pues me cagué.

Aitor se detuvo para seguir tamborileando con los dedos en la mesa. Quizá esperaba que Pedro le interrumpiese, que le mirase de alguna forma extraña o que estuviese incómodo, pero el chico no podía esperar a seguir escuchándole hablar, con los ojos muy abiertos clavados en la fruta. Con el corazón en un puño y esperanzado, por desgracia.

—Mis amigos me dijeron que te preocupaste mucho. Mi tía Nadia dice que fuiste a preguntar por mí y por Aitana a la Divina y mi hermana está cabreadísima porque, según ella, eres un pirado que se metió entre ella y Mario —dijo y Pedro notó cómo se le helaba la sangre. Apretó el plástico entre los dedos. Aitor rio—. Pero, ¿sabes? Me alegro. A Aitana le caes como el culo, pero por lo visto Mario se puso hecho una bestia en la cafetería de mi tía y se ha dado cuenta de que es un mierdas, así que supongo que tengo que darte las gracias.

—No es nada —musitó con la boca muy pequeña porque lo cierto era que ninguna de las veces que había estado con Aitana era él mismo. Aitor pareció llenarse con todo el aire del aula en los pulmones antes de seguir hablando.

—Con todo esto lo que quiero decir es que… —Aitor se detuvo para aclararse la garganta, jugar con los cordones de su sudadera y Pedro apretó tanto el vaso que crujió bajo sus dedos—. Siento la necesidad de querer pasar más tiempo contigo y por alguna razón pensé que no me juzgarías cuando te lo dijese. ¿Tiene sentido?

Pedro estaba seguro de que le brillaban los ojos cuando levantó la mirada hacia él. Aitor se frotó el cuello y miró hacia los lados sin saber dónde meterse, con el rubor instalado en las mejillas y la nariz. Pedro pensó que era el chico más bonito que había visto nunca, pero también pensó que nunca se lo diría; seguramente no le haría mucha gracia, o quizá combustionase al sonrojarse aún más.

—También me vendría bien una ayuda con los deberes, que estoy yendo como el orto estos meses… Pero ¡te juro que no quiero quedar contigo solo por eso! A ver, que tampoco es que quiera… bueno, si tú quieres…

Pedro no pudo evitar reírse con una explosión de oro líquido a la altura del pecho con el pánico que estaba sufriendo Aitor, que se rio también, rascándose la nariz para ocultarse la cara. Pedro suspiró y asintió una vez.

—Me encantaría pasar más tiempo contigo —confesó y sonrió de oreja a oreja. Le dolían los pómulos de la felicidad de que por fin pudiera verle los hoyuelos cuando sonreía, de cómo se le notaban aún más las pecas bajo el sonrojo, y se permitió una especie de chiste interno consigo mismo cuando extendió la mano hacia el otro—. Encantado de conocerte de verdad, Aitor.

El otro miró de reojo su mano antes de estrechársela y darle un apretón. Cuando se tocaron por primera vez en la vida, sin posesiones de por medio, sin cuerpos compartidos, no sintieron una descarga eléctrica ni saltaron chispas entre ellos. Fue una conexión inmediata, seguridad y familiaridad, la unión de átomos que estaban tan cerca de sí mismos que apenas se rozaban para provocar una colisión de galaxias.

—Igualmente, Pedro. No soy un tío elegante ni con mucho dinero, pero ¿me permites invitarte a una buena hamburguesa?

Pedro sonrió y asintió con la cabeza, pensando en la promesa cumplida, en la única excepción y en cómo ahora tendría todo el tiempo del mundo para pasarlo junto a Aitor, de la forma que fuese.

No se soltaron aunque pasaran los segundos, porque, por fin, sus almas se habían enredado sin necesidad de estar en un mismo sitio.

EPÍLOGO

Aitor pensó en lo extraña que podía llegar a ser la vida, pero tras haber estado tan cerca de la muerte, era difícil que le importasen mucho los imprevistos. Y era que, después de haberse pasado gran parte de la infancia babeando por Ana de Armas, se sorprendía de que también le pudiese llegar a gustar Martiño Rivas.

No fue fácil. Fueron noches enteras de dudas, miedos y ansiedades, de sentirse culpable porque se lo había pasado demasiado bien con Pedro. Porque sentía que estaba con familia en vez de con un compañero de clase cuando el chico le hablaba de una serie sobre un cazador matademonios a la que se enganchó ese mismo día cuando volvió de cenar hamburguesas con él. La paz mental que experimentaba todas esas horas que podía pasarse en silencio mientras compartían auriculares y listas de reproducción del Spotify. Lo rápido que le contestaba a los mensajes de WhatsApp sin importarle eso de hacerse el difícil por el simple hecho de que siguiesen hablando y, con suerte, el chico le enviase alguna nota de voz de las que tanto le gustaban.

Tampoco le resultó fácil dejarse cuidar y querer cuando Pedro le miraba con devoción, como si estuviese en su cabeza cuando se encontraba mal y le daba por vomitar palabras. Cuando sus meñiques se rozaban mientras estudiaban y Aitor tenía que fingir mirar el móvil para tener una excusa con la que separar sus manos. Cuando una noche se despidieron sin querer con un abrazo, cálido y acogedor, y Aitor se quedó demasiado tiempo entre los brazos de Pedro, porque joder, qué brazos, sinceramente.

Pedro comenzó a salir más con Aitor y sus amigos. No entendía las sonrisas de Vir, las miradas de Carla, los codazos de Alberto y los millones de «lo siento» que soltaba Suso cada vez que hacía, sin querer, una broma de lo juntos que estaban Aitor y Pedro. O sí que lo entendía, pero no tenía muy claro que quisiera reconocerlo en alto.

Aitor, por otro lado, intentó empezar a jugar a esa cosa que le gustaba tanto, el *League of Legends*. Sus amigos de Internet eran muy simpáticos y graciosos, aunque hiciesen chistes de ser heteros que él no comprendiese muy bien y se confundiera constantemente con los nombres de todos. Al final, Aitor decidió que la competición multijugador *online* —o como quisiera que lo llamase su amigo— no era para él. Pero el grupo de Pedro no quería darse por vencido, así que todos los domingos por la noche buscaban un juego nuevo para disfrutarlo entre todos, aunque Aitor y Pedro se acababan quedando solos en la llamada hasta que a alguno de los dos le pillasen hablando a altas horas de la madrugada.

Era confusa la forma en la que Pedro le hacía sentir y lo

fue, aún más, cuando una noche sus almas se enredaron durante un concierto de Los SFX. Pedro dijo que tenía que ir al servicio, Aitor le acompañó e hizo un chiste sobre lo mucho que tardaba el chico en lavarse las manos, lo concienzudamente que lo hacía. Aitor reconoció que fue la excusa más tonta que se le ocurrió para entrelazar los dedos en los suyos, farfullando que seguro que se había dejado los nudillos en carne viva. Se miraron, con su canción favorita sonando de fondo y diciéndose que no le importaba que se la estuviera perdiendo, porque en ese momento cerró los ojos, se inclinó y, simplemente, se dejó llevar.

Fue confuso, claro, pero Pedro nunca le presionó ni inició ninguno de los besos, caricias y abrazos que se dieron más veces en secreto a partir de entonces. Siempre esperaba que fuese él quien tomase esa decisión. Y un día sin más, mientras estudiaban en la Divina, Aitor le cogió de la mano por encima de la mesa sin pensarlo. Aitana le dijo a Pedro que tuviese mucho cuidadito con su hermano. Nadia les invitó a tarta.

Aitor pensó que sí, que qué extraño, impredecible y jodido era existir, pero también lo mucho que esperaba poder hacerlo junto a toda la gente que quería.

Aunque no quisiera, Aitor pasó casi toda la vida inseguro, confuso y dando tumbos entre hacer feliz a su familia y hacerse feliz a sí mismo. Por suerte, parte de ella la pasó junto a Pedro también.

AGRADECIMIENTOS

Lo de los agradecimientos es una movida, porque siempre hay demasiadas personas a las que agradecerle todo lo que te han aportado durante todo este camino, los que ya has recorrido y todos los que quedarán. Espero hacerle justicia a toda esa gente en mi vida.

Gracias, lo primero y por supuestísimo, a mis padres. Por apoyarme en cada una de las historias que escribo, por creer en mí y por seguir aguantándome a día de hoy, que ya es mucho.

Gracias a Laura, que siempre está ahí, desde la mañana del mercadillo que nos fuimos a comprar verduritas y me dejó contarle con todo detalle sobre lo que quería escribir. Años más tarde, aquí sigo, dejándole audios como pódcasts cada vez que se me ocurre alguna idea, por tonta que sea.

Gracias a Patri, que se ha quedado conmigo en las noches que más falta me ha hecho, que se ha leído cada una de mis historias con tanto cariño, con la que he compartido risas hasta llorar por todos los lados. Todos. Los. Lados.

Gracias a Iván, El Grande, porque ha estado ahí desde el principio incluso cuando yo no lo sabía. Te has convertido en una persona importante para mí y espero verte en todos los eventos posibles para poder seguir diciéndote: «¡Eres Iván, Avatar de Haikyuu!».

Gracias a Gema, mi hermana de editorial, con la que tengo el placer de compartir esta experiencia. Si tengo que subrayar a una persona de este año, es a ella. Sé que vas a llegar muy lejos y no puedo esperar a estar ahí para apoyarte.

Gracias a Jordi Ribolleda, pues fue quien confió en esta historia. El que la hizo mejor con sus consejos y el que luchó por ella. Todos los escritores deberían tener a una persona como Jordi.

Gracias al grupo de NaNoWriMo, pues gracias a elles escribí esta historia. Gracias por todos los esprints, por los ánimos, por las anécdotas que hemos compartido. A Carla, Laura, Chiara, Bee, Firen, Isel, María, Ángel y Alba. Sobre todo a Alba, a quien espero poder agradecerle mucho más en futuros libros.

Gracias al equipo de Neo, pues me he sentido muy acogida por todos y sé que mis niños de papel están en buenas manos. Gracias en especial a Nacho, por convertir este sueño en realidad.

Gracias al sofá cama de la casa de mi hermano, donde tuve el tremendo sueño que me dio la idea de esta novela. Gracias a la chica que me alegró el sábado por la noche, señalando mi camiseta de Shinji Ikari y diciéndome: «¡Qué

buena es el vaginón! O algo así, no sé, no he visto la serie».
Tenía que decirlo.

Por último y no menos importante, gracias a ti, que estás leyendo esto. Espero que Aitor y Pedro se enreden para siempre en tu cabeza.

Tu opinión es importante.

Por favor, haznos llegar tus comentarios a través
de nuestra web y nuestras redes sociales:

www.plataformaneo.com
www.facebook.com/plataformaneo
@plataformaneo

Plataforma Editorial planta un árbol
por cada título publicado.

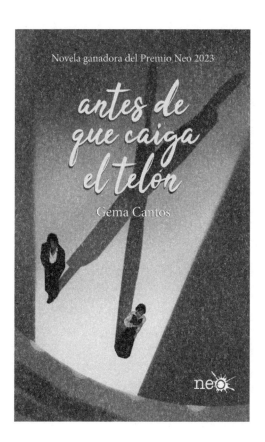

Novela ganadora del Premio Neo 2023

antes de que caiga que caiga el telón

Gema Cantos

neo